Cuentos costarricenses

letra Grande

En esta misma colección.-

1. Historias de la gente
2. Relatos fantásticos latinoamericanos 1
3. Relatos fantásticos latinoamericanos 2
4. Cuentos fantásticos de ayer y hoy
5. Relatos de hace un siglo
6. Cuentos del asfalto
7. Aventuras del Quijote
8. Cuentos perversos
9. Cuentos de amor con humor
10. Relatos de mujeres (1)
11. Relatos de mujeres (2)
12. Fantasmagorías y desmadres
13. Relatos a la carta
14. Cuentos confidenciales
15. Cuentos de taberna
16. Cuentos de la calle de la Rúa
17. Cuentos a contratiempo
18. Personajes con oficio
19. Cuentos sobre ruedas
20. Historias de perdedores
21. Cuentos increíbles
22. Cuentos urbanícolas
23. Historias de amor y desamor
24. Cuentos marinos
25. Cuentecillos para el viaje
26. Cuentos con cuerpo
27. Cuentos brasileños
28. Relatos inquietantes
29. Cuentos de la España Negra
30. Historias de dos
31. Los sobrinos del Tío Sam
32. Cuentos nicas
33. Cinco rounds para leer
34. Cuentos astutos
35. Cuentos árabes
36. Cuentos andinos
37. Cuentos divertidos
38. Viajes inciertos
39. Relatos de amor y muerte
40. Historias de la escuela
41. Cuentos medievales
42. Cuentos modernistas
43. Historias con nombre de mujer
44. Relatos subterráneos
45. Cuentos rusos
46. Historias de Madrid
47. Cuentos melancólicos
48. Cuentos japoneses
49. Relatos de la tierra y del entorno
50. Cuentos cubanos
51. Cuentos sorprendentes
52. Cuentos ecuatorianos
53. Cuentos de terror
54. Relatos de mujeres (3)
55. Cuentos dominicanos
56. Relatos de otro milenio
57. Siete latinoamericanos en París
58. Cuentos costarricenses
59. Cuentos irlandeses

Cuentos costarricenses

Carlos Salazar Herrera
Fabián Dobles
Carmen Naranjo
Fernando Durán Ayanegui
Alfonso Chase
Myriam Bustos
Rodrigo Soto
Carlos Cortés

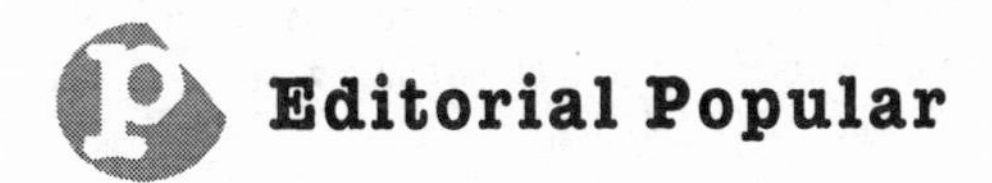

C/ Doctor Esquerdo, 173 6º Izq. Madrid 28007
Tel.: 91 409 35 73 Fax. 91 573 41 73
E-Mail: epopular@infornet.es
http:// www.editorialpopular.com

Diseño de cubierta: M. Spotti

Imprime: Cofás

I.S.B.N.: 84-7884-229-2
Depósito Legal: M-21.564-2001
IMPRESO EN ESPAÑA - PRINTED IN SPAIN

INTRODUCCIÓN

DE LA PATRIA IDÍLICA AL DESENCANTO

MARÍA LOURDES CORTÉS

A la memoria de Alvaro Quesada Soto,
maestro de la crítica en Costa Rica

La narrativa costarricense dio sus primeros pasos a finales del siglo XIX, con relatos y cuadros de costumbres que construyeron una representación de la nación que perduraría durante muchos años en el imaginario del costarricense.

En este discurso literario el espacio nacional se reducía al campo, en particular al Valle Central y, así, al pueblo y a la casa familiar. El tiempo privilegiado era el pasado -una edad de oro donde todos los ciudadanos eran iguales- y convivían en una armonía idílica. Costa Rica se convertía, entonces, en una isla utópica habitada por una gran familia feliz.

Esta estampa bucólica de la nación respondía al proyecto civilizador de la oligarquía cafetalera que dominaba política e ideológicamente y que pretendía construir una civilización bajo los modelos europeos. A los escritores de esta primera generación literaria se les ha dado el significativo nombre de "Generación del Olimpo", en vista de su posición elitista en relación con lo popular.

En 1900, se publicó un texto corto titulado *El moto*, del joven escritor Joaquín García Monge, el cual ha sido considerado la primera novela costarricense. García Monge fue durante la primera mitad del siglo el editor de la revista *El Repertorio Americano*, un hito en el medio intelectual del país, ya que en ella escribieron los pensadores más importantes del ámbito iberoamericano.

Con *El Moto* y la literatura de esta segunda generación, llamada justamente de "El Repertorio Americano", se empezaron a perfilar ciertas desgarraduras en el sistema oligárquico patriarcal. Ya en el país se ha consolidado un enclave bananero, y se ha producido una crisis en los precios del café debido al cierre de mercados en Europa, como consecuencia de la Primera Guerra Mundial.

Con la depresión económica de los años 30, aparecieron nuevos sujetos históricos: clases medias, estudiantes, trabajadores, intelectuales, los cuales se incorporaron al discurso literario. La imagen de valle idílico, cerrado y en constante armonía se empieza a abrir y en lo literario, el espacio de lo nacional se ensancha y aparecen regiones y grupos étnicos hasta ahora invisibles para la cultura oficial. Hay un paulatino agotamiento de la frontera agrícola y un aumento en la proletarización. En 1931 se fundó el Partido Comunista y sus ideas estuvieron en la base de las generaciones literarias posteriores.

Durante esta época surgió un grupo de escritores entre los que destacan José Marín Cañas, Max Jiménez y el cuentista Carlos Salazar Herrera, quien publica sus primeros textos en periódicos y revistas y que luego agrupará en la colección *Cuentos de angustias y paisajes.* Estos son cuentos breves, especie de cuadros, cuyos temas, como el título señala, giran en torno a la relación del hombre –sus angustias- y el paisaje nacional. Dicho paisaje desborda la intimidad del Valle Central y se extiende de la costa a la montaña; los personajes se diversifican y aparecen indios, negros y cholos. Su estilo mezcla el realismo con el impresionismo y, el mundo costumbrista que hasta ahora había prevalecido en la literatura, pierde su estabilidad. En dichos textos, el mundo es incierto y el equívoco y la incomunicación rigen el sistema. El campesino de la estampa nacional de los primeros cuadros de costumbres –si bien se mantiene en la imagen folclórica que el país vende de sí- sale definitivamente de las letras nacionales.

En la década de los cuarenta surge un fecundo conjunto de escritores que vuelven al realismo y que han sido agrupados bajo el nombre de "generación del cuarenta". Ellos tienen una visión crítica hacia la sociedad, en la cual el orden social aparece como represivo y enajenante. Si en los años 30 se vislumbraba un caos en la imagen del sistema dominante, ya en los 40 se propone abiertamente una búsqueda de nuevos modelos. La realidad se presenta como compleja y problemática y ya no es posible imaginar la armonía y la unidad del viejo orden.

Esta literatura directamente social propone como héroes a personajes hasta entonces marginales como los campesinos desposeídos de su tierra. El campesino ahora aparece inmerso en los conflictos sociales. Es el caso de Paco Godínez, del cuento "El puente", de Fabián Dobles, uno de los escritores más representativos de esta generación. Godínez es el héroe que enfrenta al sistema y gracias a quien el pueblo progresa.

Para esta generación de escritores –de la que forman parte, entre otros, Joaquín Gutiérrez, Adolfo Herrera García y Carlos Luis Fallas, cuya novela *Mamita Yunai* es cima de la narrativa bananera- la literatura es una actividad comprometida que pretende cambiar la realidad.

En 1948 se interrumpe brevemente el orden establecido con una guerra civil conocida popularmente como "Revolución del 48". A partir de este conflicto armado, se inicia un periodo modernizador –una Segunda República como se le ha llamado- bajo los lineamientos de la socialdemocracia. Se perfeccionaron los mecanismos electorales, se nacionalizó la banca y se crearon una serie de instituciones de expansión de la educación, la salud y la cultura, así como de las vías y sistemas de comunicación. Sin embargo, tras la modernización también llegó la corrupción y la desintegración. El crecimiento del Estado implicó un endeudamiento, una mayor dependencia hacia organismos internacionales y la consolidación de un aparato burocrático incontrolable. La literatura no fue ajena a esta nueva realidad.

A partir de 1960 surgen escritores como Alberto Cañas, Julieta Pinto, Samuel Rovinski y Carmen Naranjo. Estos dos últimos introducen la literatura en la ciudad, considerada como un laberinto poblado de seres anónimos, agredidos por una realidad externa, que ya no es unívoca, sino que se compone de múltiples niveles, lo que implica a su vez, la creación de múltiples puntos de vista en lo narrativo.

El Estado benefactor -modelo predominante en el país desde los años cincuenta- entra en crisis hasta su agotamiento. Carmen Naranjo construye una narrativa poblada de "don nadies", de seres grises inmersos en la burocracia, que deambulan por una ciudad sin centro y en la cual no se reconocen. El Estado se visualiza como ineficiente y corrupto y del valle idílico de igualdad y armonía, pasamos a una parodia de país en manos de intereses extranjeros. "Y vendimos la lluvia", propone de manera irónica esta fusión y confusión entre los seres y su entorno: una lluvia permanente que asfixia al ser humano, haciéndolo perder su identidad. Como el país mismo.

Ya esta denuncia, a diferencia de la de la narrativa de los años cuarenta, no pretende cambiar la sociedad. Su fin es corroer, burlarse, evidenciar. Por ello la ironía, el humor, la parodia y la alegoría son algunos de los recursos de estos escritores de la segunda mitad del siglo.

"Este país de la lluvia", de Carmen Naranjo, o la imaginaria república de Volubia, del cuento "Mambo" de Fernando Durán Ayanegui, son alegorías de una Costa Rica perdida entre un mar de signos extraños, que no cree más en sus instituciones ni en sus gobernantes y que no encuentra su identidad, por lo que se afana en la búsqueda de soluciones mágicas, de loterías: vender la lluvia o ganar un mundial de fútbol.

Dentro de estas tendencias literarias nuevas aparece la figura de Alfonso Chase, quien pertenece a un grupo de jóvenes formados bajo el influjo de las revueltas estudiantiles de los años 60. Chase aborda estrategias narrativas y temas novedosos como la adolescencia, la problemáticas identitarias, el desarraigo, la incomunicación y el rechazo al orden social. En "Con la música por dentro", da voz a un ser marginado por excelencia, una prostituta, y reproduce la oralidad de los lenguajes callejeros en un discurso fluir de la memoria, del tiempo y de la vida.

También se produce de manera más constante una literatura fantástica o de intención lúdica, representada, entre otros, por narradoras como Linda Berrón y Myriam Bustos. En "Mutante", encontramos el aspecto fantástico, la fusión de los universos animal y vegetal, en una metáfora de la vejez, de la incomunicación de la pareja y de la soledad del ser humano.

La década de los ochenta es de crisis para el país: se frustran las revoluciones en el mundo entero y, con ellas, el sueño utópico de la igualdad. La imagen del Estado se quiebra y de su antigua idea de protección no queda más que los sinsabores de la corrupción, ineficiencia y endeudamiento. No obstante, de este panorama surge una escritura crítica y amarga.

Jóvenes como Anacristina Rossi, Rodrigo Soto, Fernando Contreras, Rodolfo Arias, José Ricardo Chaves, Uriel Quesada y Carlos Cortés irrumpen con una literatura cuya tónica fundamental es el desencanto. Los personajes de esta narrativa viven una escisión entre sus ideales y el enfrentamiento con la realidad. Se da un choque entre los sueños de juventud y el mundo al que en la edad adulta deben enfrentarse. Es claro el caso de Rebeca, en "La sombra tras la puerta", de Soto, en el que el personaje vive en una infancia dorada de la que se ve doblemente expulsado, tanto por la desintegración familiar, como por el descenso social.

Los mitos nacionales de democracia perfecta y de país-isla, modelo de paz y armonía, se parodian, como en la novela *Mundicia* (1992), de Soto o se destruyen, como en la novela *Cruz de Olvido* (1999), de Carlos Cortés, estructurada a partir de la mirada de un ser desencantado, que viene de la Nicaragua postsandinista, es decir, de la revolución frustrada y, enfrenta de nuevo su país inmerso en la corrupción y el desmoronamiento del sistema que se creía ideal. En "La bella durmiente de Nueva York", también de Cortés, la incomunicación y el desencuentro son la pauta entre los seres humanos, sometidos a veces al azar o al absurdo de un mundo de por sí violento.

•

Del paraíso idílico de los primeros textos costumbristas, la narrativa costarricense se ha ensanchado hacia costas y montañas, ha atravesado los laberintos de la ciudad y se ha internado en las intimidades del ser humano. De una mirada ingenua ha pasado a la denuncia, a la crítica aguda, a la parodia, el humor y la ironía, hasta llegar a una visión desencantada, que no obstante, al ofrecer espejos rotos de la imagen del país, ha logrado una escritura rica y profunda.

Los textos que a continuación presentamos, muestran de manera panorámica, la riqueza y variedad de la literatura costarricense de los últimos sesenta años.

María Lourdes Cortés. Doctora en estudios latinoamericanos por la Universidad de París III-Nueva Sorbona, es especialista en la adaptación cinematográfica de la novela latinoamericana y profesora de la Universidad de Costa Rica. Su estudio *Amor y traición. Cine y literatura en América Latina* obtuvo el premio nacional de ensayo en 1999. Prepara una antología de narrativa costarricense reciente y una historia del cine en Centroamérica.

Esta breve panorámica por las letras nacionales se apoya en buena parte en las investigaciones del historiador de la literatura costarricense Alvaro Quesada Soto.

UN MATONEADO

CARLOS SALAZAR HERRERA

Ya nada tenía que pensar. Todo estaba pensado ya. Eran las cinco y media de la tarde.

Gabriel Sánchez, escondido en el matorral, abrazando su carabina, acechaba la vuelta del atajo por donde solía pasar todos los días Rafael Cabrera, a las seis de la tarde, cuando iba para su casa.

¡Todo estaba pensado ya!

Gabriel dispararía, distante a ochenta pasos largos del corte caminero que da la vuelta al Cerro de los Pavones.

Allá, el camino solitario y confianzudo.

Aquí, el matorral encubridor y agazapado.

Por allá pasaría Cabrera.

Por aquí dispararía Gabriel.

"¡Las pagarás todas juntas!", habíase dicho, y estaba dispuesto a cumplir su palabra.

Algún tiempo atrás, en una armería cualquiera adquirió la carabina, cuya posesión mantuvo ignorada para todos, oculta en la montaña, bajo unas cortezas impermeables.

¡Todo estaba pensado ya! No cometería torpeza alguna que pudiera delatarlo. Para eso había calculado todos sus proyectos hasta la saciedad.

Y ahora, sentado sobre los talones, acariciando el arma, esperaba y esperaba, sin apartar la vista del recodo del camino.

Había decidido matonear a Rafael Cabrera, y para matonearlo estaba allí, inconmovible, como un monolito.

"¡Las pagarás todas juntas...!"

Escondíase, grande y rojo, el sol de marzo.

Por fin, allá, al despuntar la vuelta del Cerro de los Pavones, con un fondo luminoso de celajes, apareció la silueta del otro.

Gabriel miró su reloj. Eran las seis en punto de la tarde. ¡Cumpliría su palabra...! Ya era cosa de unos segundos.

Entonces empezó a oír apresuradamente sus palpitaciones, y se enojó con su débil corazón.

Frente a él, a dos palmos, vio un racimo sazón de moras; arrancó unas cuantas y se las echó a la boca. Luego las escupió... porque no eran moras.

Aquél había llegado al lugar elegido para matarlo.

Este se puso la culata al hombro, sostuvo el resuello apuntando con toda precisión... y disparó. El eco repitió el carabinazo.

Aquél se llevó las manos al pecho y cayó violentamente, rodando luego por un pequeño declive, donde quedó boca abajo, hundido en el polvo.

Gabriel Sánchez se alegró de haberlo matado, y comenzó a realizar su plan de regreso.

Bajó por un despeñadero hasta la orilla del río, en cuya profundidad arrojó la carabina. Halló luego la canoa, que días antes había escondido entre las breñas de la ribera, y la puso a flote.

Remó. Remó usando toda la fortaleza de sus músculos, para librarse, bien pronto, de tan franca cortadura.

Alcanzada la ribera opuesta abandonó la canoa a la voluntad del río y se metió en la selva.

Ahora iba lento y sosegado, como si nada hubiera ocurrido. No pensaba siquiera en lo que había hecho. Eso lo dejaba para después.

Un pájaro bobo lo siguió largo rato, saltando de árbol en árbol, hasta que se volvió cansado de aquel hombre sin importancia.

El hombre sin importancia acabó de atravesar la selva y salió a un campo de pasto; después al camino carretero, ancho y sabroso.

Llegó a su casa, regocijadamente. Nadie había. Envolvió una toma de picadura de tabaco en un recorte de papel amarillo y le dio fuego, chupándolo hasta colmar los pulmones.

¡Nadie lo había visto!

Echóse sobre una hamaca y sopló una columna de humo.

Entró la noche.

Fue cuando se dio a gustar la venganza a su sabor, gozándose del acierto de todo, y de su dominio contra la flaca naturaleza de los nervios.

Necesitó luego fortalecer su conciencia con las poderosas razones que tuvo para matar, llevando a su memoria los motivos que originaron aquel juramento: "¡Las pagarás todas juntas!"

¡Rafael Cabrera estaba ahora muerto!... ¡El lo había querido!... ¡Se lo había ganado!... ¡No faltaba más!...

Y así, echado boca arriba, con las manos enlazadas debajo de la nuca, estuvo largo rato, desgranando una mazorca de recuerdos viejos.

De pronto, recordó que él solía ir por las noches, a esas horas, al comisariato del chino Acón, donde llegaban a conversar los peones y patronos de las haciendas vecinas.

La ausencia suya en el comisariato, podría dar lugar a una sospecha. Por otra parte, su hermano no tardaría en llegar, sorprendiéndose, seguramente, de encontrarlo metido en la casa, lo cual originaría una pregunta que resolvió evitar.

Era preciso considerarlo todo. Hasta los más despreciables detalles, ahora y en el futuro, podrían ser una imprudencia.

Entonces Gabriel comprendió que, en cierto modo, había perdido su libertad.

Se dirigió al comisariato del chino Acón, igual que todas las noches, a charlar un rato con los peones.

Allí, posiblemente se comentaba ya el asesinato de Cabrera.

Gabriel debería escuchar la noticia con asombro. Quizás reprocharía indignado el crimen. Quizás agregaría luego con fingida tristeza: "¡Pobre señor Cabrera!... ¡No hay derecho para matar!...

Iba caminando a paso lento, bajo la noche y entre los grillos.

Resolvió desembarazarse en el camino de un fardo de cosas por pensar, pero la carga se le hizo más pesada con una angustia, que no supo por qué, se le encajó encima. Perdía la serenidad conforme se acercaba al grupo de sus amigos.

Tuvo la impresión de que llevaba marcada en el semblante, la tremenda verdad que quería encubrir. Tuvo el temor de que sus propios ojos lo fueran a delatar. Sintió miedo de que él mismo, inesperadamente y contra su propia voluntad, fuera a contarlo todo, víctima de una turbación.

Quiso arrancarse de golpe aquellas inquietudes... pero ya no pudo. Nuevos temores se le incrustaron en el cerebro.

"¿Alguien vería el humo de la pólvora?... ¿Alguien lo miraría bajar por el despeñadero? ¿Arrojar la carabina al río? ¿Remar en la canoa? ¿Echarla a la deriva? ¿Atravesar la selva? ¿Cruzar el pastizal?... Aquel pájaro bobo que lo siguió largo rato, ¿sería capaz de contar algo?..."

Y se echó a reír; luego se asustó de oírse riendo.

"No, nadie lo sabía. Todo fue un acierto. ¡Era preciso matar!... Y ahora, Rafael Cabrera es un cadáver, tirado en la vuelta del Cerro de los Pavones."

Miró el reloj. Eran las ocho recién pasadas. Y echándose las manos en los bolsillos con aire indiferente...

Entró en el comisariato del chino Acón.

El comisariato del chino Acón estaba lleno de gente. Gabriel saludó a los muchachos rozando con sus dedos el ala del sombrero, y se fue a sentar en un ángulo de la tienda, sobre unos cajones con mercaderías.

Encendió un cigarillo y, al levantar la vista, notó que varios peones lo miraban con marcada insistencia.

Un hervor de sangre le recorrió, atropelladamente, todo el cuerpo.

Observó que entre todos los peones se había hecho un silencio lleno de crueldad. A las miradas de aquéllos, se unieron las de otros, y otros, y otros más.

Tembló.

Se le helaron las manos y comenzó a sudar.

Algunos hombres comentaron algo en voz baja, mientras lo miraban de soslayo con aire misterioso. Después... ¡nada!...

Se oía el silencio.

Gabriel creyó necesario sonreír. Fue una risa dolorosa, estrujada por el miedo. Notó que le temblaban los ángulos de la boca. Se dio cuenta de que no tenía fuerzas para hablar ni para moverse; que no tenía valor, ni siquiera, para quedarse allí mismo, inmóvil.

El Jefe Político acababa de entrar, y Gabriel Sánchez pudo oír que dos o tres voces le decían sucesivamente:

-A usted le toca decírselo.

El Jefe Político se adelantó con paso lento en dirección a Gabriel, seguido de algunos hombres.

En aquel momento, Gabriel reaccionó... ¡Lo negaría todo! Además, nadie podría probarle nada porque... ¡no hubo error alguno! ¡Estaba seguro!

Levantó la cabeza y se llenó de magnificencia.

-Gabriel -dijo el jefe Político-, venga usted conmigo.

Y ya fuera del comisariato, con voz piadosa:

-Hará poco más o menos dos horas, matonearon a su hermano en la vuelta del Cerro de los Pavones.

(de *Cuentos de angustias y paisajes*)

Carlos Salazar Herrera (1906-1980). Profesor universitario, miembro de la Academia de la Lengua, Premio Nacional de Cultura, pintor y cuentista. Su libro más celebre es la colección *Cuentos de angustias y paisajes* (1947). También publicó *Tres cuentos* y otros relatos aparecidos en periódicos y revistas. Muchas de sus narraciones han sido adaptadas al cine y la televisión en su país.

EL PUENTE

FABIAN DOBLES

A mi hermana Margarita

Ahí donde usted lo ve, ese puente no es cualquier puente. Tiene nombre. Nosotros se lo pusimos; sí señor. Mire la placa; dice que lo construyó un gobierno, pero miente. Nos lo jalamos muchos, a puro tendón. Pero sobre todo lo puso aquí, de lado a lado, un hombre. Por eso lo llamamos el Paco Godínez.

Mi bestia resopló a toda nariz cuando en mitad del puente nos detuvimos a leer la placa, arriba un tropel de escabrosos nubarrones, abajo el río esa mañana más Toro que nunca, pero no Amarillo: chocolate rugiente.

Era octubre y había llovido tieso y parejo toda la noche anterior. Veníamos de casi nadar en barro y a poco más volvíamos a hacerlo camino adentro.

Cuando después desmontamos yo ignoraba aún que aquella casa y su corral habían sido de Paco Godínez.

Un niño con machete al cinto y sombrero de lona lo atravesó arreando una vaca seguido de su perro. Una mujer olorosa a humo de cocina saludó a mi ayudante con torrentosa efusión de viejos conocidos, me estrechó a mí la mano y nos pasó adelante.

-Sí, cómo no, pueden dejar el equipaje aquí y alojarse, si cuando mi hermano vuelva no se opone -respondió a nuestro pedimento-. Hay un cuarto disponible; otro ingeniero lo ocupó hace unos años.

En la pared de la tosca salita había un retrato que, desde sus ojos pequeños y punzantes, nos miraba.

-Ese era Paco Godínez, sí señor -dijo mi ayudante-. Cuando me fui a Limón a buscar horizontes así estaba; de unos sesenta años ya, tal vez.

Mi ayudante con la mira y yo con el teodolito, al día siguiente comenzamos el trabajo de medición topográfica para el proyecto vial. El conocía bien su zona natal y me resultaba doblemente útil.

Una noche de aquellas, sentados en el corredor de la casa, me dijo:

-Allá, un poco arriba de donde ahora está el Paco Godínez, estuvo el andarivel. El lo hizo con la ayuda de mi tata y los demás. No sé cómo, pero ese hombre se las sabía todas; se gastaba una cabeza y unas manos que ya se deseara uno. Mire, si otros podían capar chanchos y ayudar a parir a una yegua en apuros, Godínez podía con eso, pero también destazar a la perfección o herrar caballos como un maestro. Si mi tía Honoria era un catecismo en yerbas medicinales y cataplasmas, Godínez no sólo le daba punto y raya, sino que se iba a Guápiles y regresaba con la receta que de veras salvaba. Agarraba una terciopelo viva como jugando, no más para explicarnos, haciéndolo él mismo, cómo los entendidos le sacaban el veneno para el butantán, o nos preparaba un unto para chanchos y reses que les espantaba como con la mano los vampiros. Sí señor. ¿Que otros podían con la carpinteada? Pues él lo hacía mejor, a más de albañilería y cosas de electricidad, como aquella vez que trajo un generador de automóvil con su batería y lo puso a caminar a fuerza de agua y a encender cuatro bombillas. Apostó a que se podía, y ganó. Sí, de todo; un día vino un cura y dijo misa al aire libre. ¿Sabe quién se la ayudó? Quién iba a ser: Godínez. Y por Godínez mi tata y los demás, que ahora tienen ya escrituradas sus tierritas, no las perdieron. Hizo reuniones, redactó memoriales, consiguió firmas, fue yo qué sé cuántas veces a

Puerto Limón y a San José a dárselas con abogados y jueces, el Resguardo lo agarró preso en dos o tres de esas, y en la última si no es porque entre todos nosotros lo rodeamos hasta con escopeta algunos para jugárnosla con él, le dan fuego a su casa, que entonces era apenas un rancho. Adió, pero se salió con la suya. La compañía bananera, que estaba vendiendo a los Sotillos todas esas tierras ahí para allá, no pudo desalojarnos; a la postrera no pudo, como tampoco lo pudieron endespués los Sotillos, esos mismos que tanto y cuánto pujaron para que no se hiciera el andarivel. Ha visto; se oponían, según Paco Godínez porque con el andarivel se les iba a cundir aún más de parásitos todo esto y ellos por el momento tenían suficiente con toda la tierra del otro lado del Toro Amarillo para sus cacaotales y cortas de madera, y querían las de acá queditas y en paz para el futuro. Pero, sí señor, ya le digo, se les volvió a atravesar el hombre como quien dice un diablo en medio del camino, y que ni que fuera un ingeniero consiguió no sé con cuál ministerio o si con la municipalidad de Limón el cable y las poleas, nos animó a todos a trabajar en la cosa y en un mes pasó él de primero. No sabe cuánto nos costó jalar con un tren de mulas los gigantones de manú y más todavía parar y enterrar el de acá, y más todavía pasar el otro al lado de allá para lo mismo, y se nos vino el condenado abajo, y lo volvimos a parar, y se nos volvió a venir, hasta que al fin lo pudimos con un tecle que improvisó Godínez. Y todo para aquella desgracia. Sí, muy al pelo el andarivel. Pasábamos, aunque fuera en aquel como trapecio de circo, porque para hacerle canasta no hubo material y uno se sentaba en el palo atravesado y a jalar el chicote se ha dicho. De un lado al otro, y a la visconversa. Hasta hubo vez que por recrecido el río más de un novillo pasó guindando y bramando a aquella altura de mareo, bien amarrado al trapecio. Hasta que, bueno, tenía que pasar, se le mató la propia mujer a Paco Godínez. El palo de sentarse estaba como quien dice quebrantado o le había entrado el hongo y en mitad de allá arriba se fue enterita al río. Y lo peor, con el menor de los chiquillos. Iban tierra afuera a que lo viera un doctor, porque Paco Godínez pensó que podía ser cólico miserere y para eso él si que no, por mucho que supiera.

Caray, sí, qué gran golpe se llevó el hombre. Porque si era muchos en el hacer y el gozar, lo era también para sufrir. Que lloró, lloró y cómo. Pero así que le amainó el temporal más fuerte -meses y meses de quedarse mudo y solo como caballo amorriñado- dijo que era que ese bandido Toro Amarillo se había desquitado con él por haberle como quien dice puesto cincha.

Pero para ese toro mostrenco estamos aquí otros toros más bravos fue lo que se nos dejó decir cuando se arrancó la estaca del corazón y nos volvió a reunir. *El andarivel no sirve. Ya se ve que es una temeridad. Antes se ahogaba gente. Ahora se nos cae y el río se la traga. Tenemos que hacerle un puente con todas las de ley. De hamaca.*

Los más viejos se volvieron a ver entre ellos como pensando *está loco*. Uno le preguntó cómo y con qué, en estas remotidades.

No tenemos ni en qué caer muertos, se le oyó a otro.

Y si con qué tuviéramos, mejor sería para comprar más chanchos o algunos novillos, dijo mi tata.

Pero Paco Godínez, sí señor, se paró en medio de todos y gritó:

No me van a dejar solo esta vez. Me van a ayudar, hombres. Tenemos que demostrarle a ese río que también podemos ponerle freno y albarda con todo y la grupera.

Y fue entonces cuando como que, de veras, sobre todo los más muchachos, comenzamos a soñar. Sueño de puente, sí. Con bastiones de mampostería; con cables así de gruesos, y abajo tablones seguros para pasar como meciéndose, como bailando. Ya no tendríamos que sacar los sacos de maíz y los racimos de plátano y los chanchos cebados colgando como congos de aquel maldito andarivel. Y los más jóvenes fuimos a la casa de Paco Godínez, le dijimos que contara con nosotros, y él nos alzó a ver endemoniadamente contento.

Convenzan a sus tatas, potrillos. Díganles que todo se puede si los hombres lo quieren. Y los convencimos. Volvieron otra vuelta los memoriales de Paco Godínez con las firmas de todos, las idas en grupo a Limón, a San José, a los infiernos mismos... *a humillarse como pordioseros con los diputados,* -se reía el hombre-, *con tal de tener el puente.* Y a punta de yeguas y mulas dos años después fueron llegando cables gruesos, y cajas de tornillos con tamañas tuercas, y arena y cemento y algunos albañiles con su capataz, aunque el capataz de verdad lo resultó siendo Paco Godínez.

Hubo puente, sí señor, sólo que angosto y algo bajo, muy pegado al río, y en la crecida de uno de esos años nos llevó la trampa porque el Toro lo arrastró. Se sacudió la albarda el condenado.

Yo, por entonces, me fui para Limón. Eramos muchos hermanos y quería aprender cosas. Pero antes oí a Paco Godínez jurar hecho un demonio que eso no se quedaba así. *Más amarillo te vas a poner, de rabia, cuando te hagamos un verdadero puente que no te podás llevar, Toro de los diablos,* gritó estando con otros viejos mientras se tomaban unos tragos frente a los bastiones desquiciados.

Ese puente es éste, el Paco Godínez. Antes pasaron años, qué sé yo más cuantos memoriales y viajes a la capital y formación de juntas progresistas y esperanzas y, decepciones. Si hasta, lo que fue demasiado hacer y demasiado dar, Paco Godínez le ofreció la adhesión a un candidato que detestaba y le prometió que todas las familias de acá del río votarían por él si les volvían a hacer puente o por lo menos les mandaban suficientes materiales, que ellos traerían a como hubiera lugar. *Sí, vecinos* -dicen que dijo-, *ya ven que ahora que asoleo tantas canas hasta regalo mi conciencia, pero es porque lo necesitamos. Qué Toro Amarillo ni qué albarda. El río no tiene la culpa. Es como es, ya está, pero él no lo sabe. El jodido hace lo que puede y nos da buen bobo y buen guapote a cambio de los muertos que se ha tragado. Mas no progresaremos si no le volvemos a doblar el espinazo con un gran puente de fierro.*

Y no ese candidato, no señor, que cuando subió a Presidente qué va a ser, si te vi no me acuerdo con Paco Godínez y los demás: otro gobierno, cinco años más tarde, les mandó los materiales y varios trabajadores. Otra vez viejos y jóvenes sacaron tiempo al tiempo y fuerzas a sus fuerzas para ayudar, pero ahora los dirigía un ingeniero en persona.

-¿El mismo -interrumpí- que se alojó en nuestro cuarto?

-El mismo, sí -respondió mi ayudante-. Paco Godínez tuvo tiempo para entabicárselo bien y arreglarle una buena cama. Y por cierto que el ingeniero no perdió el tiempo. Dejó también por ahí regado a un hijo mientras dirigía los trabajos. Le dio un nieto a Paco Godínez. Lo único fue que éste no lo pudo saber... porque ya terminada la obra, cuando se agachó a levantar un cajón de herramientas en la pura mitad del puente, cayó redondo al piso sobre los tablones de cachá que él había ayudado a rajar a punta de cuña y mazo. Lo alzaron como muerto, y aunque la peleó unos días, no hubo Dios posible. Hasta allí se la prestó. Eso que llaman infarto, creo.

Usted leyó la placa. La vinieron a fijar con todo y cura, comandante, gobernador y ministro de transportes. Era domingo, y a esas inauguraciones les ponen periódico y música. Pero la comitiva se encontró con la sorpresa: mi tata y otro vecino cuidaban el puente del lado de allá. Lo habían cerrado con dos hilos de alambre de púas.

Aquí no pasa nadie, -dijeron.

¿Se habían vuelto locos? El ministro enrojeció; se desconcertó el cura; el comandante avanzó con la mano en la cartuchera de su revólver, y entonces mi tata y su compañero levantaron los machetes.

Un momentico, señores; hágannos caso, por favor, o tendrán antes que matarnos, -volvieron a decir y señalaron la otra orilla.

Allá se alcanzaba a ver apenas sombreros de hombres y cabezas de mujeres y un ataúd de cedro, labrado la víspera por la tarde. El sol del mediodía chispeaba en los bocados dejados en su lomo por la azuela.

Primero pasa el entierro.

(de *Cuentos*)

Fabián Dobles (1918- 1997). Narrador, Premio Nacional de Cultura, es el escritor del realismo nacionalista más difundido en el país. Entre sus libros destacan las novelas *Ese que llaman pueblo* (1942), *Una burbuja en el limbo* (1946), *El sitio de las abras* (1950) y *Los años, pequeños días* (1989), así como los libros de cuentos *Historias de Tatamundo* (1955) y *El violín y la chatarra* (1966).

Y VENDIMOS LA LLUVIA

CARMEN NARANJO

¡Qué jodida está la cosa!, eso fue lo único que declaró el ministro de hacienda, hace unos cuantos días, cuando se bajaba de un jeep después de setenta kilómetros en caminos llenos de polvo y de humedad. Su asesor agregó que no había un centavo en caja, la cola de las divisas le daba cuatro vueltas al perímetro de la ciudad, el Fondo tercamente estaba afirmando no más préstamos hasta que paguen intereses, recorten el gasto público, congelen los salarios, aumenten los productos básicos y disminuyan las tasas de importación, además quiten tanto subsidio y las instituciones de beneficios sociales.

Y el pobre pueblo exclamaba: ya ni frijoles podemos comprar, ya nos tienen a hojas de rábano, a plátanos y a basura, aumentan el agua y el agua no llega a la casa a pesar de que llueve diariamente, han subido la tarifa y te cobran excedentes de consumo de un año atrás cuando tampoco había servicio en las cañerías.

¿Es que a nadie se le ocurre en este país alguna pinche idea que solucione tanto problema?, preguntó el presidente de la república que poco antes de las elecciones proclamaba que era el mejor, el del pensamiento universitario, con doctorado para el logro del desarrollo, rodeado de su meritocracia sonriente y complacida, vestida a la última moda. Alguien le propuso rezar y pedir a La Negrita, lo hizo y nada. Alguien le propuso restituir a la Virgen de Ujarrás, pero después de tantos años de abandono la bella virgencita se había vuelto sorda y no oyó nada, a pesar de que el gabinete en pleno pidió a gritos que iluminara un mejor porvenir, una vía hacia el mañana.

El hambre y la pobreza ya no se podían esconder: gente sin casa, sin un centavo en el bolsillo, acampaba en el parque central, en el parque nacional, en la plaza de la cultura, en la avenida central y en la avenida segunda, un campamento de tugurios fue creciendo en la sabana y grupos de precaristas amenazaban con invadir el teatro nacional, el banco central y toda sede de la banca nacionalizada. El Seguro Social introdujo raciones de arroz y frijoles en el recetario. Un robo cada segundo por el mercado, un asalto a las residencias cada media hora. Los negocios sucios inundaron a la empresa privada y a la pública, la droga se liberó de controles y pesquisas, el juego de ruletas, naipes y dados se institucionalizó para lavar dólares y atraer turistas. Lo más curioso es que las únicas rebajas de precio se dieron en el whisky, el caviar y varios otros artículos de lujo.

El mar de pobreza creciente que se vio en ciudades y aldeas, en carreteras y sendas, contrastaba con más mercedes benz, beemedobleu, civic y el abecedario de las marcas en sus despampanantes últimos modelos.

El ministro declaró a la prensa que el país se encontraba al borde de la quiebra: las compañías aéreas ya no daban pasajes porque se les debía mucho y por lo tanto era imposible viajar, además la partida de viáticos se agotó, ¿se imaginan lo que estamos sufriendo los servidores públicos?, aquí encerrados, sin tener oportunidad de salir por lo menos una vez al mes a las grandes ciudades. Un presupuesto extraordinario podía ser la solución, pero los impuestos para los ingresos no se encontraban, a menos que el pueblo fuera comprensivo y aceptara una idea genial del presidente de ponerle impuesto al aire, un impuesto mínimo, además el aire era parte del patrimonio gubernamental, por cada respiro diez colones.

Llegó julio y una tarde un ministro sin cartera y sin paraguas vio llover, vio gente correr. Sí, aquí llueve como en Comala, como en Macondo, llueve noche y día, lluvia tras lluvia como en un cine con la misma cartelera, telones de aguacero y la pobre gente sin sombrilla, sin cambio de ropas para el empape, con esas casas tan precarias, sin otros zapatos para el naufragio, los pobres colegas resfriados, los pobres diputados afónicos, esa tos del presidente que me preocupa tanto, además lo que es la catástrofe en sí: ninguna televisora transmite, todas están inundadas, lo mismo que los periódicos y las radioemisoras, un pueblo sin noticias es un pueblo perdido porque ignora que en otras partes, en casi todas, las cosas están peores. Si se pudiera exportar la lluvia, pensó el ministro.

La gente, mientras tanto, con la abundancia de la lluvia, la humedad, la falta de noticias, el frío, el desconsuelo y hambre, sin series ni telenovelas, empezó a llover por dentro y a aumentar la población infantil, o sea la lucha porque alguno de los múltiples suyos pudiera sobrevivir. Una masa de niños, desnuda y hambrienta, empezó a gritar incansablemente al ritmo de un nuevo aguacero.

Como se reparó una radioemisora, el presidente pudo transmitir un mensaje, heredó un país endeudado hasta el extremo que no encontraba más crédito, él halló la verdad de que no podía pagar ni intereses ni amortización, tuvo que despedir burócratas, se vio obligado a paralizar obras y servicios, cerrar oficinas, abrir de algún modo las piernas a las transnacionales y a las maquilas, pero aquellas vacas flacas estaban agonizando y las gordas venían en camino, las alentaba el Fondo, la AID, el BID y a lo mejor también el Mercado Común Europeo, sin embargo el gran peligro estaba en que debían atravesar el país vecino y ahí era posible que se las comieran, aunque venían por el espacio, a nueve mil metros de distancia, en establo de primera clase y cabina acondicionada, pero esos vecinos eran y son tan peligrosos.

La verdad es que el gobierno se había desteñido en la memoria del pueblo, ya nadie recordaba el nombre del presidente y de sus ministros, la gente los distinguía con el de aquél que se cree la mamá de tarzán y usa anteojos o el que se parece al cerdito que me regalaron en los buenos tiempos pero un poco más feo.

Y la solución salió de lo que menos se esperaba. El país organizó el concurso tercermundista de la "Señorita Subdesarrollo", ya usted sabe de flaquitas, oscuritas, encogidas de hombros, piernas cortas, medio calvas, sonrisas cariadas, con amebas y otras calamidades. El próspero Emirato de los Emires envió a su designada, quien de puro asombro de cómo llovía y llovía al estilo de Leonardo Fabio, abrió unos ojos enormes de competencias de harén y de cielos en el Corán. Ganó por unanimidad, reina absoluta del subdesarrollo, lo merecía por cierto, no le faltaban colmillos ni muelas, y regresó más rápido que rapidísimo al Emirato de los Emires, había adquirido más veloz que corriendo algunos hongos que se acomodaron en las uñas de los pies y las manos, detrás de las orejas y en la mejilla izquierda.

Oh padre Sultán, señor mío, de las lunas y del sol, si su Alteza Arábiga pudiera ver cómo llueve y llueve en ese país, le juro que no me creería. Llueve noche y día, todo está verde, hasta la gente, son gente verde, inocente, ingenua, que ni siquiera ha pensado en vender su primer recurso, la lluvia, pobrecitos piensan en café, en arroz, en caña, en verduras, en madera y tienen el tesoro de Alí Babá en sus manos y no lo ven. ¿Qué no daríamos por algo semejante?

El Sultán Abun dal Tol la dejó hablar, la hizo repetir lo de esa lluvia que amanecía y anochecía, volvía a amanecer y anochecer por meses iguales, no se cansaba de la historia de lo verde en el tránsito de reverdecer más, le gustó incluso lo de un tal Leonardo Fabio en eso de llovía y llovía.

Una llamada telefónica de larga distancia entró al despacho del ministro de exportaciones procedente del Emirato de los Emires, pero el ministro no estaba. El ministro de relaciones comerciales casi se iluminó cuando el Sultán Abun dal Tol se llenó de luces internas y le ordenó comprar lluvia y lluvia y construir un acueducto desde allá hasta aquí para fertilizar el desierto. Otra llamada. Aló, hablo con el país de la lluvia, no la lluvia de mariguana y de cocaína, no la de los dólares lavados, la lluvia que natural cae del cielo y pone verde lo arenoso. Sí, sí, habla con el ministro de exportaciones de ese país y estamos dispuestos a vender la lluvia, no faltaba más, su producción no nos cuesta nada, es un recurso natural como su petróleo, haremos un trato bueno y justo.

La noticia ocupó cinco columnas en la época seca, en que se pudieron vencer obstáculos de inundaciones y de humedades, el propio presidente la dio: venderemos lluvia a diez dólares el centímetro cúbico, los precios se revisarán cada diez años y la compra será ilimitada, con las ganancias pagaremos los préstamos, los intereses y recobraremos nuestra independencia y nuestra dignidad.

El pueblo sonrió, un poco menos de lluvia agradaba a todos, además se evitaban las siete vacas gordas, un tanto pesadas.

Ya no las debía empujar el Fondo, el Banco Mundial, la AID, la Embajada, el BID y quizás el Mercado Común Europeo, a nueve mil metros de altura, dado el peligro de que las robaran en el país vecino, con cabina acondicionada y establo de primera clase. Además de las tales vacas no se tenía seguridad alguna de que fueran gordas, porque su recibo obligaba a aumentar todo tipo de impuestos, especialmente los de consumo básico, a exonerar completamente las importaciones, a abrir las piernas por entero a las transnacionales, a pagar los intereses que se han elevado un tanto y a amortizar la deuda que está creciendo a un ritmo sólo comparado con las plagas. Y si fuera poco hay que estructurar el gabinete porque a algunos ministros la gente de las cámaras los ve como peligrosos y extremistas.

Agregó el presidente con una alegría estúpida que se mostraba en excesos de sonrisas alegremente tontas, los técnicos franceses, garantía de la meritocracia europea, construirán los embudos para captar la lluvia y el acueducto, lo que es un aval muy seguro de honestidad, eficiencia y transferencia de tecnología.

Para este entonces ya habíamos vendido muy mal el atún, los delfines y el domo térmico, también los bosques y los tesoros indígenas. Además el talento, la dignidad, la soberanía y el derecho al tráfico de cuanto fuera ilícito.

El primer embudo se colocó en el Atlántico y en cosa de meses quedó peor que el Pacífico Seco. Llegó el primer pago del Emirato de los Emires, ¡en dólares!, se celebró con una semana de vacaciones. Era necesario un poco más de esfuerzo. Se puso un embudo en el norte y otro en el sur. Ambas zonas muy pronto quedaron como una pasa. No llegaban los cheques, ¿qué pasa?, el Fondo los embargó para pagarse intereses.

Otro esfuerzo: se colocó el embudo en el centro, donde antes llovía y llovía, para dejar de llover por siempre, lo que obstruyó cerebros, despojó de hábitos, alteró el clima, deshojó el maíz, destruyó el café, envenenó aromas, asoló cañales, disecó palmeras, arruinó frutales, arrasó hortalizas, cambió facciones y la gente empezó a actuar con rasgos de ratas, hormigas y cucarachas, los únicos animales que abundaban.

Para recordar que habíamos sido, circulaban de mano en mano fotografías de un oasis enorme con grandes plantaciones, jardines, zoológicos por donde volaban mariposas y una gran variedad de pájaros, al pie se leía: venga y visítenos, este Emirato de los Emires es un paraíso.

El primero que se aventuró fue un tipo buen nadador, quien tomó las previsiones de llevar alimentos y algunas medicinas. Después toda su familia entera se fue, más tarde pueblos pequeños y grandes. La población disminuyó considerablemente, un buen día no amaneció nadie, con excepción del presidente y su gabinete. Todos los otros, hasta los diputados, siguieron la ruta de abrir la tapa del acueducto y así dejarse ir hasta el encuentro con la otra tapa ya en el Emirato de los Emires.

Fuimos en ese país ciudadanos de segunda categoría, ya estábamos acostumbrados, vivimos en un ghetto, conseguimos trabajo porque sabíamos de café, caña, algodón, frutales y hortalizas. Al poco tiempo andábamos felices y como sintiendo que aquello también era nuestro, por lo menos la lluvia nos pertenecía.

Pasaron algunos años, el precio del petróleo empezó a caer y caer. El Emirato pidió un préstamo, luego otro y muchos, pedía y pide para pagar lo que debe. La historia nos suena harto conocida. Ahora el Fondo se ha apoderado del acueducto, nos cortó el agua por falta de pago y porque el Sultán Abun dal Tol se le ocurrió recibir como huésped de honor a un representante de aquel país vecino nuestro.

(de *Otro rumbo para la rumba*)

Carmen Naranjo (1930). Narradora, poeta, ensayista, fue Ministra de Cultura y diplomática. Obtuvo la Medalla Gabriela Mistral que otorga Chile y el Premio Nacional de Cultura de Costa Rica. Entre sus obras destacan las novelas *Los perros no ladraron* (1966), *Camino al mediodía* (1968), *Memorias de un hombre palabra* (1968), *Responso por el niño Juan Manuel* (1971) y *Diario de una multitud* (1974) y los libros de cuentos *Ondina* (1983), *Nunca hubo alguna vez* (1984) y *Otro rumbo para la rumba* (1989).

MAMBO

FERNANDO DURAN AYANEGUI

Cuando al fin a la selección nacional de balompié de la República de Volubia le tocó enfrentarse con la de México en partidos eliminatorios del campeonato mundial, las derrotas sufridas por los volubianos fueron de carácter tan abultado que, ya a los veinte minutos del primer encuentro, al marcador electrónico del Estadio Nacional de Volubia se le habían ido los fusibles de tanto encender y apagar bombillos llevando cuenta de la goleada, y el árbitro canadiense tuvo que detener el pésimo espectáculo para averiguar si entre los asistentes había uno despierto que le pudiera facilitar una calculadora de bolsillo, pues decía él en su español medio aprendido que, de lo contrario, se le podría reventar el cerebro a fuerza de memorizar números tan inmensos.

Después de la inconmensurable catástrofe deportiva, los entontecidos volubianos dejaron de comer tacos con chile, no volvieron al cine para eludir así el riesgo de encontrarse en las pantallas la proyección de una cinta de noticias filmada en la capital azteca, se volvieron fanáticos del ajedrez y de las peleas de gallos, convirtieron los estadios en teatros al aire libre y, a guisa de vendetta, instalaron frente a la Embajada de México en Volubia, una hedionda destilería de aguardiente barato, pero con todo, durante muchos meses, la mayor de las preocupaciones nacionales consistía en tratar de explicarse cómo diablos podía fracasar una selección que contaba –ni el mejor equipo de fútbol de Brasil podía vanagloriarse de algo parecido- con los servicios de un famoso sicólogo de origen haitiano quien, según se decía, además de poseer todos los secretos del Vudú había estudiado diplomacia en una conocida universidad europea de la que, si lo habían echado bajo la acusación de estar dedicado al espionaje, en realidad en nada había salido perjudicado porque él sabía de política internacional más que el mejor de sus profesores.

Se llamaba Riñón Regúlez y había nacido en el enclave caribeño de Ciudad Jarrones, puerto de matrícula de por lo menos la mitad de las flotas mercantes de Occidente en la época en que, gracias a la habilidad notarial y consular de algunos amigos del Patriarca, ponerle bandera de Volubia a alguna nave pirata salía más fácil y barato que pegar calcomanías religiosas en el parachoques al Mercedes Benz del arzobispo. Se decía del famoso psicólogo que hipnotizaba a los atletas antes de los partidos importantes, les aplicaba extraños aparatos llenos de electrodos que se incrustaban en el abdomen y el cráneo y, mediante algunos encantamientos de eficacia científicamente probada, los convertía, con solo tocarles una oreja con el dedo pulgar embarrado de cebolla, en zombies capaces de ganarle una pelea a Mano de Piedra Durán. Antes de salir a la cancha, seguían diciendo los rumores, Riñón obligaba al guardameta de turno a pararse de cabeza en el entarimado de los vestidores y, después de obligarlo a recitar el Pentateuco sin detenerse a respirar, le masajeaba los glúteos golpeándolos con una raqueta de tenis, tras lo cual, según la teoría, ningún jugador contrario se atrevería a lanzar la pelota contra la meta del equipo nacional.

Como consecuencia de la derrota no faltaron los descreídos que pusieran en duda las credenciales académicas del sabio Riñón Regúlez, y hasta el Congreso de la República llegó la queja de los fanáticos del fútbol, de modo que se nombró una comisión pluralista de diputados encargada de juzgar, investigar, revisar y dictaminar en torno a tan importantísimo asunto. (Tómese nota de la importancia que el mencionado deporte tenía para la ilustre república independiente de Volubia. Se había originado la práctica del varonil juego en la llegada, allá por 1912, de un barco alemán al puerto de Jarrones, nave que por hallarse en muy mal estado se hundió, cargada de café, a seis millas de la costa, justo cuando iniciaba su viaje de regreso a Bremen. Se salvaron a nado los tripulantes, algunos de los cuales llegaron a la playa deteriorados por los mordiscos, y de todos ellos no se murió ninguno, a no ser por el cocinero, un chino al que se tragaron las aguas del Mar Caribe en cuanto trató de rescatar del naufragio su libro de recetas. Fundaron aquellos marinos la primera colonia alemana en territorio de Volubia y no tardaron mucho en ennoviarse, aparearse, amancebarse o contraer matrimonio con las más hermosas aborígenes, de modo que en pocos años la costa caribeña de Volubia quedó poblada de chiquillos coloradotes y rubios, bastardos unos, legítimos los otros, a quienes sus padres y sus padrinos enseñaron a jugar el nuevo deporte importado de Alemania y a comer salchichas con repollo fermentado, costumbres que transformaron a la pequeña república tropical en la más culta y más europea de las naciones de esta parte del planeta). Ya para la época del desastre deportivo que se ha venido relatando, la cultura volubiana se hallaba en peligro de muerte a causa de la entronización del taco mexicano como sustituto de la salchicha teutona, de ahí que se juzgara cuestión de vida o muerte que el país pudiera conservar la supremacía balompédica en el área del Caribe y que se le echara a Riñón Regúlez la culpa de que Volubia se hubiera convertido de nuevo en una banana republic común y corriente.

Para volver a nuestros carneros después de tan larga disquisición histórica –que bien podría constituir el tema de una excelente tesis de grado en la Facultad de Filosofía y Letras de la Universidad Nacional de Volubia- se puede añadir que a raíz de la investigación legislativa se vino a descubrir que Regúlez no conocía el Vudú ni tenía título de sicólogo, y que toda su fama provenía de la época en que, siendo estudiante fue enrolado por la CIA para enviarlo a Haití en una misión secreta, actividad de la que salió bien librado sólo porque guardaba una gran semejanza con los parientes de Papá Doc Duvalier, y del hecho de que más tarde le habían concedido una beca que le permitió participar en un curso de técnicas de interrogatorio represivo en un centro de capacitación policíaca de los Estados Unidos, institución de la que recibió, por su buen desempeño, un diploma de especialista en degradación sicológica, vale decir en extraer uñas de sindicalistas ayunos de anestesia, en extirparles las amígdalas a través del ombligo a los curas sospechosos de pensar como comunistas, en aplicar toneladas de voltios en las partes más suaves del cuerpo a los dirigentes estudiantiles, en ahogar a los periodistas en barriles repletos de excremento, en colgar niños de la lengua para obligar a los padres de familia a confesar barbaridades que no habían cometido, en hacer puré de genitales en épocas de agitación social, en romper huesos de socialistas usando prensas hidraúlicas herrumbradas, en fin, en desplegar los refinamientos de las más depurada asistencia técnica norteamericana, lo cual nadie supo explicar qué tenía que ver con la capacitación deportiva de aquellos jóvenes atletas miembros de la selección volubiana de balompié.

(de *Opus 13 para cimarrona*)

Fernando Durán Ayanegui (1933). Cuentista y novelista, es Doctor en Química y fue Rector de la Universidad de Costa Rica. Entre sus textos destacan las novelas *Tenés nombre de arcángel* (1988), *Las estirpes de Montánchez* (1993) y los libros de cuentos *Dos reales y otros cuentos* (1961), *El último que se duerma* (1976), *Salgamos al campo* (1977), *Opus 13 para cimarrona* (1989).

CON LA MÚSICA POR DENTRO

ALFONSO CHASE

Es la primera vez que alguien me lo pregunta así, directamente. Pues sí: una era desde chiquilla media pepiadilla, como loquilla, muy alborotadilla la muchacha: que todos los domingos al Raventós, a tanda de cuatro, y aquello oscurísimo y una toda copadilla. Con quien fuera, con quien fuera. Carajillos de copete y de blu yins, botas de tubo o mocasines. Carajillos todos llenos de vaselina, puros elvis presley y uno en el segundo piso y el viejo con el foco, alumbrando a las parejas, y luego darle la vuelta al parque y comprar helados de paleta. Es que una siempre fue muy avispada: puro encendida, una brasa completa, como decían en casa. Una nace con eso adentro, desde chiquilla, alborotadilla, con la sangre hirviendo. Yo fui la primera que me puse chemis y manganos en el barrio: un escándalo. Todas las viejas creían que yo era una grandísima puta y bueno; yo creo que me hice de tanto que me lo dijeron. Ahora me acuerdo de que el viejo de la verdulería invitaba a las chiquillas a entrar y nos daba un peso si nos dejábamos tocar. Yo siempre me dejé y le llevaba el peso a mi mamá y la gran conchuda lo recibía y ni preguntaba nada. Mi mamá era una santa. Nunca decía nada. Sólo lavar y lavar, ajeno y propio, porque éramos cinco mujeres: Gladys y Marlene y Anita y dos que se quedaron difuntas: una, de chiquitilla, Adela, y otra de grande, Rosarito, que se le hinchó la panza y se murió, toda verde y echando espuma. Yo siempre fui una chiquilla muy desarrollada. Cuando tenía como doce años todos querían hacerme el favor, de tetudilla que estaba. Tenía una que quitarse a los hombres y a los chiquillos a puro chonetazo. Yo me daba de mecos con todos los carajillos del barrio y sólo me dejaba tocar por los que me gustaban. Ahora, ya tan roca, cuando me pongo pepiada, me doy de trancazos con cualquiera. Yo soy buena para los golpes. A mi marido una vez le dejé el hocico hinchado porque se puso tonto y empezó a arriarme con una sombrilla delante de los güilas. Yo sólo me estuve quieta, me di vuelta y le dije: "Ronal, deja de joderme..." Y zazzzzz que le vuelo un vergazo en la pura jeta, y él que se queda boquiando, el muy idiota, y que se está allí, como un pescado muerto, y yo le di agua, y ya ve: nunca más me volvió a joder. Luego se fue para la zona y me quedé sola con los chiquillos y que vuelvo a putiar, bueno; esta vez por pura necesidad. Ronal me conoció en un salón de baile en Barrio Cuba. Yo iba a bailar con los muchachos y allí lo vigié. El sabía que yo era media putífera pero le gusté. Nos juntamos, y bueno, nos matrimoniamos por la Iglesia porque vino la misión y los padrecitos andaban como locos confesando y casando a todo el mundo. Yo no sé si lo quería. Me encantaba tener una casita y un anafre y repisas y un moledero, porque yo cocino muy rico y tengo la casa siempre como un ajito. Ronal desde que se fue no volvió y yo tenía que ganarme los pesos. Se fue porque era un hombre muy ostinado y muy chichudo y porque fumaba mucha mota y creía que si se iba para la zona dejaba de ver a sus amigos de aquí. No creo que quisiera mucho a los güilas; no es muy amigo de andar haciendo cariño. Bueno uno se junta con un hombre y se va aburriendo. La rutina, que dicen. Yo no nací para mula de carga y cuando me agüevo, se acabó: me agüevo de remate. Me achanto toda y ni me levanto temprano. Se me lava la voluntad. Ni me baño casi y los güilas andan chingos y la casa anda toda patas para arriba. Yo antes de vivir con Ronal tenía un chivo terrible. Era zapatero en Sagrada Familia y en las noches yo estaba siempre por el Correo, dándole la vuelta a la cuadra, cuadriando; como digo yo. Escurriéndomele de las perreras y entonces él llegaba y me hacía caja: "¿Cuánto llevas...?" Y yo nunca le decía nada. Se metió de chivo conmigo así porque así. Me cuadró como hablaba, muy filosófico. Leía todo el día periódicos y como a las tres se enrollaba uno y se ponía a clavar zapatos en el taller de un cuñado. Era muy considerado y tenía el cuarto lleno de recortes de viejas chingas y hasta un retrato de Fidel y otro del Doctor. Era mariachi. A mí la política es una cosa que me gusta. Siempre hemos sido en casa muy mariachis. El Doctor era toda. Un hombre pura vida que le dio casa a unas primas mías y que era muy caritativo. Ahora el enano se quiere robar el mandado y dice que el doc era pura vida, pero eso es pura hipocresía. Lo odia, lo odia. Le tiene una gran tirria. Siempre ha sido un acomplejado. Se cree Napolión y no es más que un roco vivísimo. Bueno, sí, aquí es el único que hace lo que quiere. Es que es enano pero muy güevón. Yo voté por él. Sí, voté por él porque creí que iba a ser toda, pero qué va, la vida está muy cara. Todo el día andan viendo los polis a quién se cargan. Ya ni puede uno vivir en este país. Bueno la política es una cochinada: todos son iguales; a esto no lo salva nadie, sólo Fidel Castro. Ese sí que se amarra los pantalones. Este país lo que necesita es un dictador. Yo siempre lo he dicho. Bueno Ud. sabe que ahora en los salones viven pidiéndole el carnet a una y viera las pintas que andan disfrazados de autoridad: puros hampones. Bueno yo ahora me paro en la esquina de la Farmacia París, por Cuesta de Moras. Allí me estoy: campaneándola. Dejo a los chiquillos durmiendo, le echo candado a la jaus y me vengo a pulsiarla. En esa esquina nunca hay competencia. Es muy tranquila. Los rocos pasan de refilón; tocan el pito y al dar la vuelta arregla uno el negocio: que veinte cañas, que viejo pinche, que si estás pegada, y uno se sube y a la hora está de vuelta. Yo a veces me hago unas sesenta cañas por noche. Eso cuando no llueve. Cuando llueve ni llego. Me quedo en la casa o me voy a algún salón a bailar, hasta las diez. Luego compro algo para los güilas, me tiro un café con un pastelillo en el Cañabar y me voy a la casa. Desde chiquilla era yo medio loquilla. Muy alborotada siempre. ¿Le conté lo del viejo de la verdulería? ¡Roco más sátiro! Pero de algo servía. Yo perdí el vidriesillo en una poza. Allá por los Anonos: muy largo de contar. Por amor, por amor. Un carajillo que jugaba en el equipo "Los Pinos". Me pepié de él y así pasó todo. En casa se dieron cuenta pero no dijeron nada. Siempre han sido muy cara de piedra en casa. Ni cuando no llegaba a dormir. Se han hecho siempre los tontos. Todas en casa somos iguales. Menos Gladys, que se fue a los Yunai, porque no le cuadraba el barrio. Siempre fue muy hartada, muy echada para atrás: hasta fue al colegio. Le manda dólares a mamá y cuando vino le trajo a mis güilas juguetes. Es la única de casa que no nació pepiada. Yo desde chiquilla agarré la carreta y todavía no me he bajado. Yo nací con la música por dentro. Muy nerviosa y brincona. Hasta me hacían limpias con siete yerbas, a ver si me volvía más formal y más juiciosa. Nada, nada: la que nació así, agüizoteada, es para siempre. Yo tengo suerte con los hombres porque soy muy independiente, muy movida. Yo sola me las arreglo y si a veces tengo chivo o marido es porque me da miedo estar sola y por si me enfermo porque Ud.

sabe: puta enferma es puta muerta. Sólo las muchachas a veces son tuanis. Yo cuando estoy enferma me voy directa a donde el homeópata y por cinco cañas me compone. Es toda ese roco. Y tan fácil: sólo echar las bolillas, bebérselas en ayunas y ya está. A mí me operó el doctor Moreno Cañas. Yo lo vi, alto, con el pelo todo pazuso. De bata blanca. Me decía: Chavela, bajáte las cobijas, enseñáme donde te duele. Y yo que me bajo las cobijas, me alzo la bata y le digo: Aquí doctorcito, por la ingle, y él que me toca y me dice: dormite, Chavela, dormite. Y por la virtú que Dios le dio, el Doctor Moreno Cañas me operó en sueños. Por eso todas las noches verá a la par de la veladora un vasito de agua para el doctor, que aquí entre nos, lo mataron por política, uno que ahora se hizo evangélico. Pura pantalla: lo mataron los políticos porque el pueblo lo quería para presidente. Bueno, yo sólo estoy diciéndole como me lo contó la mujer que nos alquila el cuarto, que le gusta andar moviendo a los espíritus y tiene un mago, el famoso Merlín, que le saca a uno las cartas, le hace limpias y hasta ayuda con las botijas. Para mí Merlín es toda. Yo voy cada vez que puedo y él ya ni me cobra. Cuando tengo mis pesos le llevo: tome, don Merlín, para que se vaya ayudando. Y él me va indicando los caminos que me faltan por recorrer todavía y allí van señoras de copete, estudiantes y hasta artistas: que si me está dando vuelta el marido, que si la secre me echó basurilla, que si voy a ganar el año, que si me quiere fulanita, que qué me pasa que no tengo lana y así Merlín va dándole a uno esperanzas, que es lo que uno más necesita. Yo si me saco la lotería lo ayudo. Yo le debo mucho a Merlín. Figúrese que él siempre me aconseja que me quede sola, que no le haga caso a ningún tonto que me salga y por eso soy tan feliz: sin marido y sin chivo. Mujer independiente, la doña. Que si quiero irme al Puerto: agarro los chiquillos, les busco la calzoneta y los tenis y yo el vestidillo de baño; así vivo: sin marido y con pereza de echarme un chivo. Joden mucho. Que se los echen las más cabrillas. Esas apenas están empezando. Yo ahora estoy muy roca para tener un chivo y me dan risa esos chivos de ahora: puro gogó, con camisitas de vuelos y zapatos con botones dorados. Todos son una partida de vicolos, puro vuelta y rosca. Ahora las muchachas tienen que defenderse solas porque los chivos no sirven de nada. Por eso andamos con chuzo. Mire: Siempre lo cargo en el seno:

filoso, puntiagudito, con cacha de plata, dicen que para abrir cartas. Yo puedo trabajar si quisiera, pero me aburro. No aguanto que me griten o me estén diciendo: apuráte, apuráte, o jodiendo con la comida o revisándome las bolsas. Me agüeva que la gente sea ahora tan desconfiada. Yo soy todo lo que Ud. quiera pero no ladrona. Bueno, si algo se queda por ahí, me lo alzo, pero es sin culpa: si no lo agarro yo, lo agarra otro.

Yo siempre estoy en la esquina frente a Kativo. Allí vendo lotería los domingos. Y tengo clientes fijos que me buscan para que les venda numeritos y a veces hasta dejo la lotería y me voy con alguno. Pero no me gusta esta vida. Los güilas se están haciendo grandes y va y me ven algún día y me daría vergüenza con ellos. El mayor se pasa leyendo y la más chiquita, María, así le puse cuando estaban dando esa telenovela. Ah, sí, yo tengo tele. Mucha gente nos vive criticando porque tenemos televisor: que no tienen ni dónde caer muertos y tienen un Filips. Y bueno; yo les digo: -mira, acaso nos lo regalaron. Casi cuatro años duramos pagándolo. Me lo regaló Ronal para el día de la madre. Nada que de segunda. De primera. De la Avenida Central, de un almacén de polacos. Claro que una estafa: se ganan como el doble en cada aparato. Pues la más chiquita quiere ser enfermera y yo estoy segura de que la voy a mandar hasta la Universidad. A mí me gusta mucho el mar. No sé por qué se me ocurre decírselo... Pero para mí el mar es como una píldora. Me calma toda. Me llena de tristeza, pero también me da tranquilidad. Yo voy como tres veces al año al Puerto. Con los güilas o sola. Me tiro mis traguitos, mi arrocito cantonés o mi chopsui, compro cajetas, pipas, marañones y pasados y vengo el lunes. Tranquilita, tranquilita, calmada. Viendo el paisaje desde el tren, porque me encanta viajar en tren: las patas estiradas, la persianilla bajada, los gallos de pollo, la coca y la siestita. Ya cuando voy llegando a Mata de Limón me pongo como loca y empiezo a oler al mar y me dan ganas de bajarme, pero me aguanto hasta llegar a la estación. Siempre me pasa lo mismo. Me esperinolo toda cuando huelo el mar. Me arrebato y no soy más la misma: hablo y hablo y hablo y los chiquillos se ponen todos malcriados: ay, se pepió my moder, se nos puso locaza. Y yo los oigo y no digo nada. Total, ¿para qué? Los chiquillos son los chiquillos y entre menos uno los joda ellos menos se meten con uno. Yo apenas llego al Puerto lo primero que busco es el salón de baile. Me encanta que tenga luces y una rocola grandota. Yo soy buena para el baile. Le hago a todo. Desde el chachachá hasta la música de ahora. A mí me encantó el rocanrol. Yo fui muy rocanrolera y llevé mucho palo por eso. Me aprendía los pasos, de tanto ensayarlos, y bailaba un rocanrol mezclado con süing que era toda. Me encanta esa música. Claro, también me gusta la romántica. De los nacionales sólo uno: Chico Loría. El de "Si las flores pudieran hablar" y "Corazón de Roca". El que se murió en un accidente de motocicleta, hace unos meses.

Yo creo que la que nació para maceta, del corredor no pasa. Es que con el tiempo uno ya no compone. No es por vieja. Es que se le mata el ánimo. Se jode por dentro. Porque uno puede estar vieja pero no pendeja. Todavía a mí me hacen tiro muchos. Porque tengo la gracia escondida. Vaya uno a saber. Yo me he ido hasta con diputados y tuve cosas con un viejo que tenía un tramo en el mercado. Un roco pura pomada que me llevaba al teatro y a comer donde los chinos. Pero es que yo soy muy india. Sí, muy india. Yo soy como soy porque nací con la música por dentro. Muy pepiada. Cuando agarro la carreta nadie me baja. Me gusta tirarme mis traguitos, alegrona la doña, pero nada más. Y usted sabe: me encanta hablar con los muchachos jóvenes. Nada más que hablar: vacilar un rato, parlarla hasta que sean la nocheymedia. Los universitarios son bien relocos, como con la música por dentro. Protestones. Yo también desfilo el primero de mayo con los güilas. Es que soy muy rojilla. Muy mariachi, la mujer. Pero no me gustan las universitarias: muy hartadas. Con peinados y con maxifaldas y como de palo... Yo quiero que mis hijos vayan a la U y que se vuelvan bien tuanis, pero que no se me vuelvan hartados. Que se metan en política o en el gobierno, a ver si pescan algo... Bueno, déjese ya de estar jodiendo y pídase otra cuartica. Y si quiere bailar: ¡sáqueme! Que aunque vieja yo nunca soy pendeja. Porque como dijo la lora: ¡A mí no me jodan! ¿No ven que nací pepiada?

(de *Mirar con inocencia*)

Alfonso Chase (1945). Poeta, ensayista y novelista, Premio Nacional de Cultura y profesor universitario. Entre sus obras destacan los libros de cuentos *Mirar con inocencia* (1975), *Ella usaba bikini* (1991) y las novelas *Los juegos furtivos* (1968) y *El pavo real y la mariposa* (1995). Ha realizado múltiples antologías y monografías sobre la literatura de su país.

MUTANTE

MYRIAM BUSTOS

La primera manifestación fue tan imperceptible, que transcurrieron varios días antes de notarla. Después, intentando rememorar -en un amago inútil de comprender el origen-, se decía a sí misma -modulando, incluso, interiormente, cada letra de cada vocablo- que fue una modificación en la textura, y que debió alertarla, por cierto, ya que, acostumbrada como estaba a reconocer a diario la zona en cuestión cuando cumplía los ritos de la higiene personal, en un nivel subliminalísimo tomó conciencia de que la piel tenía una consistencia quebradiza inhabitual. Pero en vez de suponer una irregularidad (ella no era hipocondríaca, de modo que sólo advertía los procesos morbosos en su organismo cuando se hallaban instalados), se dijo lo que antes, en presencia de otros cambios corporales desalentadores: es la edad. O lo que llaman, eufemísticamente, el "cambio de vida", como si la vida no estuviera cambiando varias veces al día, o muchas, en solo un minuto o menos.

Después, cuando la región aquella se fue tornando inhospitalaria e intrincada -como si lo que otrora fue tibia y suave franela, mullida alfombra, almohadón deleitoso y acogedor, estuviera volviéndose gangoche (o mezclilla, o saco de manta, o lona, tal vez), dividida en capas sarmentosas y aún a medio emerger o desdoblar, tuvo la sensación de que una especie de vegetal de estepa había surgido allí: espinoso al comienzo, anhidro, opaco y nada estético. Pero fue tan solo eso: una vaga impresión -o intuición, comprendió más adelante- imagen más fantasiosa que objetiva que sólo por momentos acudía a su mente y que en ningún caso intentó comprobar en aquiniana disciplina.

Sólo cuando la colocación de las prendas de vestir y el desplazamiento se le tornaron dificultosos e incómodos, empezó a convencerse de que sufría una perturbación anormal en su cuerpo. Visitó, entonces, a un especialista en enfermedades del sexo femenino y le confió su extrañeza y zozobra. Fue examinada prolijamente -bochornosamente, para ella-, con pericia y paciencia, interior y exteriormente; con un interés inhabitual en los profesionales de la medicina clínica que acentuó su inquietud y fue tornándose angustia a medida que transcurrían los minutos sin que el médico pronunciara palabra, aunque por momentos interrumpía su inspección para dirigirse a su biblioteca e iniciaba afanosa búsqueda en un libro, en otro, en otro, para regresar al sitio en que yacía ella a medio vestir y sintiéndose víctima de un trastocamiento no registrado hasta la fecha y, consecuentemente, amenazador. Ni siquiera osaba formular pregunta alguna: bien se percibía que el ginecólogo se hallaba ante una situación inmanejable, al menos por el momento.

-Hay que hacer algunos exámenes -dijo, intentando parecer seguro y de ninguna manera sorprendido-. Estos cambios pueden deberse a etiologías variadas. Como en este caso la alteración no va acompañada de otros síntomas orientadores de un síndrome específico, no es fácil hacer un diagnóstico exacto ni prescribir tratamiento.

-¿Qué exámenes, doctor? -preguntó, abatida y sintiendo que empezaba a invadirla una molesta inquietud, a la vez que una gran desconfianza en los poderes de la medicina.

-De sangre, en primer lugar, para aseguramos de que no esté produciéndose algún proceso que guarde relación con otras funciones del organismo. Además, hace falta una biopsia del tejido alterado.

-¿Una biopsia?

-Sí, señora. Una biopsia puede darnos una información muy significativa en cuanto a los componentes de la mucosa actual.

-¿Está pensando en cáncer, doctor?

-No necesariamente.

-¿Pero podría ser cáncer?

-Sería un cáncer desconocido hasta ahora, en todo caso.

-Ojalá no sea yo quien lo inaugure...

-No se preocupe: mientras no tengamos los resultados de los exámenes, no tiene sentido alarmarse.

-Bueno, doctor. Dígame adónde debo ir para que me los hagan.

Salió muy mortificada del consultorio, y como era mujer que nunca postergaba lo que no podía evitarse, fue de inmediato al laboratorio recomendado por el galeno y, además de hacer la cita para los exámenes de sangre, solicitó la biopsia del tejido anormal. Quería salir de una vez del molesto trance, para obtener los datos que permitieran un pronto diagnóstico al especialista. Afortunadamente pudieron tomarle de inmediato la muestra, para lo cual fue necesario anestesiar ligeramente la sensible zona. Al otro día regresó allí mismo para que le extrajeran sangre y en cuarenta y ocho horas tendría los resultados de todos los análisis.

Pero ella que no era aprensiva entró, a partir de ese mismo día, en un estado de gran zozobra. Pensaba obsesivamente en su mal y tardaba en conciliar el sueño, interrumpido muchas veces por brincos que daba en la cama a raíz de una pesadilla reiterada: la de que toda la piel del cuerpo se le llenaba de vejigas supurantes y dolorosas que el médico raspaba inútilmente para eliminarlas. Aunque no experimentaba molestia alguna, la acometía el pavor cuando la palabra cáncer acudía a su mente con majadera insistencia. Las horas se arrastraban remisas y flemáticas, huyendo porfiadamente del respeto a los sesenta minutos establecidos: eran cien o más los que concurrían desganados antes de que las manecillas del reloj marcaran cada una de las veinticuatro divisiones del día solar.

Mas llegó el momento en que le entregaron -en un sobre cerrado dirigido al médico solicitante- el resultado de sus exámenes. Sin pensarlo siquiera, despegó el sector engomado y leyó una por una las hojillas. Algo sabía ella de hemoglobinas, recuentos, sedimentaciones y otras variedades rutinarias en medicina, de modo que se enteró inmediatamente de que no había patología en su sangre. La biopsia decía claramente no sólo que no existía cáncer, sino que tampoco se presentaba anormalidad en la composición del tejido mucoso.

¡Qué alivio más inmenso! Había bastado con enterarse de que, al menos en los aspectos investigados, todo estaba bien, para experimentar de inmediato un sosiego poderoso. ¿A qué volver donde el hombre del delantal blanco? Demasiado se percibía lo sorprendido que se hallaba ante la situación y lo ignorante que era frente a casos así. De ponerse peor o tomarse el problema demasiado incómodo o doloroso, se dirigiría a otro médico, previa indagación cuidadosa sobre su prestigio profesional. Por el momento, se dedicaría a revisar libros de medicina en la biblioteca de la universidad, a ver si encontraba allí alguna de las pistas que inútilmente buscó el ginecólogo consultado.

Ya tranquila, entonces, volvió a su existencia habitual, eso sí alerta a cualquier síntoma que pudiera interpretarse como un indicio orientador de que algo digno de atención médica estaba produciéndose en su organismo. Así, por lo tanto, pudo tomar conciencia de que el tejido que había iniciado inopinadas transmutaciones de forma, grosor y calidad de superficie, iba alterándose sosegada pero resueltamente hacia una estructura nueva y de seguro inimaginable en todos los aspectos. Desde el mismísimo día en que recibió los resultados de los exámenes de laboratorio, sometió su cuerpo a cotidiana observación. La palabra *cáncer* -pese al informe negativo que subrayaron y hasta destacaron con mayúsculas en el informe- y su relación con cambios, modificaciones y otros vocablos que eran de sobra conocidos en los textos admonitorios y preventivos acerca del temible flagelo, estaban ya tan incorporados en sus preocupaciones, que por ningún motivo iba a descuidarse.

Aquello continuaba su alevoso avance sin provocar aflicción física, pero la monomanía que generó en ella la mantenía en un estado de desazón que era tan incómodo -o más- que un decidido sufrimiento corporal. De optimista y juguetona, participativa y serena, alegre y jovial, bromista y alborotadora que era antes de haber hecho el extraño descubrimiento, fue tornándose seria, distraída, mesurada y desconfiada. Torpe, incluso, como si sus capacidades hubieran menguado. Hasta retardada de reacciones se puso, y también inepta para tomar decisiones sencillas y de rutina, a las que ahora les descubría el peligro o riesgo implicado. Cierta tiesura de ánimo se hizo evidente incluso para personas que no la frecuentaban mucho. No sabía por qué, pero cuando reflexionaba sobre su nueva condición, se le antojaba que de un momento a otro la habían transformado del todo, como una manera de hacerle ver que los plazos vitales son breves e inexorables, que a la meta universal de los seres vivos se llega más temprano que tarde y que, para encontrarse al otro lado del camino, basta sólo un paso. Un paso que hasta podía ocurrir que lo estuviera dando ya. Es decir, perdió -para decirlo de una vez y en forma precisa- la confianza y el placer de estar viva.

Muchas veces exteriorizó el esposo su extrañeza ante tamaño y tan súbito cambio. Los qué te pasa, qué te ocurre, tenés algún dolor y otras preguntas del mismo jaez acudían con frecuencia en las conversaciones y también en los cada vez más instaurados silencios.

-No me pasa nada -respondía ella, sin convicción, sin siquiera expresividad, como si el área precisa de su cerebro de cuyo normal funcionamiento dependiera ese rasgo tan decidor de la normalidad se dañara por momentos.

-¿Cómo nada? Estás ausente. Se nota que ni siquiera me escuchás. A ver: repetime lo que acabo de decir.

Y jamás ella podía reconstruir lo que le estaba dirigido y sólo hacía un momento él había pronunciado.

-Perdoná: es que estaba distraída.

Y pensar que era ella la que antes censuraba al esposo cuando daba muestras de cansancio con la charla continua y muchas veces insulsa de su mujer, convencida -por lo visto- de que todo silencio debe ser llenado con lo que sea, porque entre dos que están juntos sin decir palabra, la tregua lingüística demasiado prolongada es signo de apartamiento afectivo, de lejanía emocional.

Casi podía decirse que un nuevo individuo -de seguro vegetal- estaba naciendo y desarrollándose en hábitat tan ajeno a su condición y materia, suplantando ya del todo al órgano que antes en nada se distinguía del que identificaba a cualquier mujer. Las estructuras que antes tenían otras características y funciones aparecían ahora como capas superpuestas y corrugadas cuyo sitio de inicio era dificilísimo determinar. Hojas diríase que habían emergido. O pétalos. O brácteas, tal vez. Pero transcurridos los días sufrían nuevas mutaciones y semejaban inflorescencias o apretados racimos de textura granulosa. Y cuando se metía bajo la ducha y el espécimen aquel recibía el jabón y el agua en abundancia, la irritabilidad que lo caracterizaba hacía que se tornara más vegetal todavía en su aspecto y en su tacto, disidente ahora su color en una impresión nueva en que el verde y el violeta generaban un matiz híbrido de difícil calificación, pero exótico y de extraña belleza, sin duda.

Me ha aparecido una especie vegetal única e inclasificable -se decía, dándose ánimo e intentando experimentar orgullo-. Y aunque el fenómeno le parecía muy insólito, no lo hallaba tan anormal, puesto que todas las especies del mundo orgánico han ido cambiando y adaptándose a las nuevas condiciones del medio, además de que la constitución celular entre ellas coincide en distintos seres vivos pertenecientes a reinos disímiles. Sólo que, en este caso, se trataba de la mutación de un solo órgano de un solo ser humano. Que debía de tener su sentido, por cierto. Y pensaba que, a su edad, ya no hacía falta un adminículo genital apto para las funciones reproductivas. Entonces la naturaleza le estaba regalando otro distinto, cuyos fines (porque todo tiene un objetivo, y sólo es cosa de averiguar cuál), por el momento, desconocía, pero que tal vez se harían claros más adelante, cuando la metamorfosis hubiera llegado a su etapa última y al producto perfecto.

El nuevo órgano plantar constituyó, hasta cierto momento, un secreto absoluto. El primero en compartirlo con su dueña fue el médico a quien consultó en el período inicial. El segundo, otro ginecólogo reputado a quien consideró necesario visitar como una medida de seguridad únicamente, sin intención alguna de buscar solución para una anomalía que, hasta el presente, no había demostrado tener importancia. Así, pues, cuando llegó ante el médico, en el momento de rigor del intercambio oral previo al "reconocimiento" físico, como estos profesionales dicen, le explicó que ya había consultado a otro experto, que los exámenes habían resultado negativos y que ahora acudía donde él sólo para un "chequeo" preventivo. El ginecólogo no demostró extrañeza cuando ella mencionó la especie de "planta" que tenía donde antes se hallaba su órgano femenino. Rápidamente la hizo instalarse en la camilla, desprovista de su prenda interior, y se acercó a examinarla. Nada dijo. Entonces ella le preguntó qué planta era, sólo para comprobar si su propia clasificación coincidía con la del médico.

-Parece una lechuga o acelga. Aunque en algunas partes más semeja un brócoli -respondió, grave, mas no sorprendido. En cualquier caso, no cabe duda de que se trata de una hortaliza, y en su período de crecimiento máximo.

-¿Quiere usted decir que no se hará más grande?

-No, no lo creo.

-¿Le parece a usted que debo preocuparme, doctor?

-No, señora.

-¿Tampoco hacerme una nueva biopsia?

-No, señora, no es necesario. Se trata claramente de tejido vegetal, pero muy sano y vital.

-¿Es una enfermedad ésta, doctor?

-¡Qué va! No, señora: es una bendición de Dios, un gran regalo. Un premio, diría yo, aunque no sepa por qué lo ha merecido. No tiene razón para preocuparse. Todo lo contrario: siéntase privilegiada, distinguida, pues el suyo es el primer caso que conozco de este hermoso milagro.

-Excúseme, doctor ...Si ésta es su primera experiencia con esto tan raro que me sucede, ¿cómo sabe que no debo preocuparme?

-Contéstese usted misma: ¿por qué habría de inquietarse?

-No lo sé, doctor. En realidad, no lo sé. Pero le confieso que a pesar de lo que parezca, estoy tranquila. Sólo un poquillo extrañada y algo obsesionada, eso sí.

-¿Se lo ha dicho a alguien?

-No, doctor. Solamente al médico que me vio antes, cuando esto recién comenzaba, y a usted.

-¿No lo sabe su marido?

-No.

-¿Por qué?

-No lo sé. Tengo cierto temor.

-¿A qué, señora?

-Le repito que no lo sé, doctor.

-Creo que debe decírselo, sobre todo si ustedes son buenos compañeros y llevan mucho camino recorrido juntos.

-Está bien, doctor, seguiré su consejo.

Entonces esa misma noche habló con el esposo. No le fue fácil, por cierto. Mas lo inesperado fue que él otra vez asumió la situación personal como otras veces: objetivamente, como si se tratara de un fenómeno que no le concernía, que no lo afectaba. Ni a él ni a ella.

Volvió a encumbrarse en la cátedra del biólogo y a adoptar el papel que desempeñaba a diario en la Universidad, cuando explicaba los enigmas de la Naturaleza a sus estudiantes, y les hablaba de la organización de la materia, de las sustancias orgánicas e inorgánicas, de los procesos vitales, de la energía. Y desembocó, ciertamente, en el tema que más lo apasionaba en el último tiempo: el revolucionario descubrimiento del ácido desoxirribonucleico. De nuevo disertó ante ella (abandonando, durante todo el discurso, la postura horizontal del descanso nocturno para acomodarse en posición yoga en una esquina del lecho matrimonial) con esa fervorosa convicción y seguridad que tanto le conocía, y le habló de la molécula que determina la naturaleza fundamental de la vida, "desde la del microbio más sencillo hasta la del hombre y su complejidad orgánica y psicológica":

-En el núcleo de toda célula viva -le recordó- se encuentra el DNA: en la de un animal, en la del más humilde zacatillo que enverdezca el camino; y en la humana, por supuesto.

No logró sustraerse, tampoco, a la conducta casi automática y muy placentera para él de coger un bolígrafo (esta vez, el que llevaba -para incomodidad de ella cuando se lo hallaba, después, dentro de la lavadora- en la bolsa superior del pijama) y empezar a dibujar, una vez más, ante su esposa, la especie de escala retorcida que constituye cualquier molécula de ácido desoxirribonucleico. Y le reiteró lo que tantas veces le había explicado al ilustrarla sobre otros fenómenos naturales:

-Las moléculas del DNA son iguales en todos los organismos vivos. Tienes, entonces, en tu organismo, ácido desoxirribonucleico idéntico al de un pez, al de una bacteria, al de la manzana que te comes cada día, porque la fruta es también un ser vivo.

Y continuó, científico siempre:

-El DNA rige y controla toda la cadena infinita de actividades metabólicas y de transformaciones moleculares que caracterizan la vida.

A todo esto, a ella la habían invadido casi del todo las sensaciones previas al sueño, y lo escuchaba casi desde muy dentro de su masa encefálica. Pero alcanzó a percibir aún otras parrafadas:

-Lo que te está sucediendo no debe sorprenderte. Se halla escrito en tu código genético, es decir, en las instrucciones hereditarias impresas en la molécula de

DNA, que pudo haber informado desde tu gestación misma, a quien quisiera averiguarlo, sobre qué clase de organismo iba a ser el tuyo y qué le ocurriría durante su ciclo vital. Así de simple. Sólo que hasta ahora este cambio que estás viviendo no se había producido. El fenómeno es una mutación, como podrás suponer.

Al escuchar esa palabra que le pareció alarmante, emergió en un segundo desde el sueño que ya casi la había atrapado del todo. Velozmente imaginó lo que podía ocurrirle si el proceso mutatorio invadía todo su organismo y, de mujer que era todavía, llegaba a convertirse en quizás qué extraño e ingobernable ser. En un árbol, era posible. Sintió miedo, mucho miedo, acrecentado por la indefensión en que se hallaba. Y también cólera por la pretendida objetividad de su marido -extraño híbrido de científico y vegetariano-, de quien cabía ahora esperar otra de sus infaltables y gratuitas conferencias sobre las bondades de la nutrición basada en frutas y verduras, complementado el discurso con prolijas explicaciones acerca de las incompatibilidades alimentarias "que nadie toma en cuenta a la hora de planificar las comidas".

Pero el sueño cayó sobre ella como una fiera en plena selva, y parte del didáctico texto conyugal irrumpió de manera distorsionada en las imágenes oníricas que empezaron a construirse casi al instante a raíz del poderoso estímulo reciente.

En un momento que no pudo precisar, despertó sobresaltada y con agitación inusual en el cuarto a oscuras. No encontró al compañero a su lado. Pero desde la cocina llegaba el inconfundible sonido de platos, tenedores y cuchillos que él revolvía afanosamente -de seguro, apremiado e impaciente-, con su habitual indiferencia en materia de producción de ruidos perturbadores de la tranquilidad ajena e inoportunos. Y también el familiar tufillo de aquel aderezo penetrante que él mismo preparaba.

Entonces tuvo la certidumbre nada tranquilizadora de que él estaba reuniendo los utensilios y otros implementos necesarios para el impostergable y excitante festín.

(de *El regreso de O.R.*)

Myriam Bustos. Nacida en Chile y radicada en Costa Rica desde 1973, es especialista en Pedagogía del Castellano y cuentista. Ha publicado gran cantidad de obra didáctica y libros de relatos, entre los que destacan *Del Mapocho y del Virilla* (1981), *Rechazo de la rosa* (1984), *Reiterándome* (1988), *El regreso de O.R.* (1993), *De pluma y de plomo* (1997) y *Una ponencia y otras soledades* (1999), con el que obtuvo el Premio nacional de cuento en Costa Rica.

LA SOMBRA TRAS LA PUERTA

RODRIGO SOTO

I

Papá había sacado a la abuela y a las tías una semana antes para evitarse problemas.

-Es mejor así -les explicó-: hasta donde sea posible vamos a evitar el sufrimiento innecesario. No quiero dramas en el último momento; tienen que entender.

Aquella noche nos encerraron en el cuarto del fondo para que no escucháramos el llanto apagado de las tías cuando preparaban sus maletas. La abuela, avejentada en mucho desde que le habían dado la noticia, vino al cuarto en donde Julián y yo pegábamos nuestras orejas a la puerta para escuchar. Cuándo ella entró, nos precipitamos hacia las camas y fingimos dormir.

-Vamos, lindos -dijo-. Estoy muy vieja para que me engañen. A ver, levántense de una vez, que tengo poco tiempo.

Entonces, mirándonos fijamente, nos habló. Y lo hizo con tanta seriedad, que Julián y yo nos sentimos orgullosos, porque sabíamos que de esa manera sólo se hablaba entre los grandes. Dijo que la muerte del abuelo ella podía soportarla, que había sido muy duro, claro, dijo, pero que una podía reponerse de esas cosas. El abuelo, continuó, había vivido mucho tiempo en la casa, y debíamos saber que él no había muerto de una enfermedad -como nos habían dicho-, sino que se había suicidado.

Yo miré a Julián preguntándole qué significaba aquello, esa palabra pronunciada con tantísima reserva, con tanto temor y sufrimiento, pero él me hizo un gesto de desprecio y continuó mirando fijamente a la abuela, que seguía hablando. Algún día, prosiguió ella, comprenderíamos lo que había significado aquella casa para la familia.

-Algún día -dijo- ustedes volverán. Deben hacerlo.

Recuerdo que unos meses antes de aquella noche en la que abuela nos habló, papá había entrado una tarde a la casa muy serio. Julián y yo corrimos a la puerta a saludarlo como siempre, pero él nos dijo que ese día no estaba para bromas y nos hizo a un lado y prosiguió hasta la Sala Grande, en donde los abuelos, las tías y mamá lo esperaban con caras preocupadas.

Cuando papá entró en la sala hubo un gran silencio. Nadie se atrevía a hablar, la taza de té que mamá llevaba hacia su boca quedó en suspenso, el humo de la pipa del abuelo, inmóvil.

Lo siento -había dicho papá, rompiendo el hechizo-. Estamos acabados, Méndez no cedió. El grandísimo cabrón. (Era la primera vez que papá maldecía delante de nosotros. Mamá dio un gritito y llevó su mano libre hasta la boca, como diciéndole que se callara.)

La tía Adriana tembló de pronto como nunca antes la habíamos visto hacerlo, y papá continuó:

-Le insistí, lo juro. Me humillé ante él como nunca lo había hecho con nadie. Dijo que no podía hacer nada por nosotros. Lo siento.

Luego, con un dejo de infinito cansancio en su voz, dijo:

-Tenemos dos meses para desalojar. Fue todo lo que me concedió -y sin decir una palabra más se marchó a su habitación, en donde según Julián lloró durante varias horas.

Yo a papá no lo escuché llorando, pero sí a mamá que de pronto se derrumbó con otro gritito histérico y tumbó la tetera, derramando el contenido que la sirvienta tuvo que limpiar aquella misma tarde, antes de que la abuela la despidiera diciéndole que lo sentía mucho, pero que no necesitarían más sus servicios.

El abuelo, aquella tarde, permaneció inmóvil durante varias horas en la silla en que había recibido la noticia. Detrás de la cortina de mi cuarto, lo miré encender la pipa infinidad de veces, tan inmóvil como el humo en aquel momento, cuando papá había pronunciado aquellas palabras sin duda terribles, pero que ni Julián ni yo entendíamos a cabalidad.

Al primer momento de estupor en que mamá lloró sacudiendo con violencia su espalda y en que la tía Adriana se puso a temblar como lo hacía Salomé (mi perra de entonces) cuando la bañábamos, siguió otro de recuperación en que mamá y las tías hicieron planes y se entusiasmaron con la vida que llevaríamos en el campo. La tía Adriana, que me descubrió en una oportunidad escrutando desde la ventana al abuelo, me llamó a sus regazos y me preguntó si me iba a portar bien cuando nos fuéramos a la provincia. Yo le contesté que sí, pero que teníamos que llevar a Salomé.

-Pero claro, mijita -me respondió ella-. Claro que llevamos a Salomé. Además te vamos a comprar pollitos y patos, para que jugués y no te aburrás tanto como aquí, en donde tenés que espiar a los viejos para entretenerte -había concluido dándome un pellizquito en la pierna.

Cinco días después se suicidó el abuelo. La tía Antonieta había llamado varias veces a su cuarto; y al no recibir respuesta, había abierto la puerta y encontrado su cuerpo.

Recuerdo con absoluta claridad el grito de la tía, que escuché perfectamente porque estaba en el patio, jugando con Julián a los expedicionarios.

Sin entender nada, y al principio sin interrumpir nuestro juego, pudimos ver cómo la abuela se precipitaba hacia el cuarto y cómo salía luego, cubriendo su rostro con el delantal que nunca se quitaba.

-Vamos, Rebeca -me dijo Julián-. ¡Algo pasó! ¡Algo pasó! Y corrimos todavía sudorosos aunque ya un poco preocupados a ver lo que había sucedido. Cuando estábamos por llegar al cuarto escuchamos a mamá, que abrazaba a la abuela y que nos había visto pasar hacia el cuarto.

-¡Los niños! ¡Los niños! -gritaba fuera de sí-. ¡Que no entren! ¡Que no lo vean!

Y la tía Adriana, que todavía no sabía nada pero que estaba bordando en la sala -y por ello interrumpiéndonos el paso-, se levantó con una agilidad que ni Julián ni yo le conocíamos y se plantó delante de nosotros.

-Corran a su cuarto -dijo- y no salgan de ahí por nada. ¡Por nada!

Y empezando a sospechar lo sucedido, nos llevó, ya temblando y gimiendo, hasta nuestra habitación, que cerró con fuerza antes de correr a preguntarle a mamá. Momentos después escuchamos su grito, mucho más violento que el de la tía Antonieta.

Esa misma noche, cuando ya el teléfono había comenzado a sonar con desesperación, papá vino a nuestro cuarto.

-El abuelo ha muerto -dijo.

Y los tres lloramos.

II

Después de que la abuela y las tías se marcharon, permanecimos una semana en la casa. Durante esos días estuvimos igual que los sonámbulos de las historietas. Peor. Mamá deambulaba por los cuartos, arreglando y sacudiendo los rincones.

Que vean que aquí vivió una familia decente -decía, y continuaba sacudiendo las mesas y las sillas, como para conservar un último recuerdo luminoso de la casa.

Julián y yo habíamos visto marcharse a la abuela y a las tías sin sospechar hasta qué punto estábamos acostumbrados a oír los canturreos de la abuela en la cocina, cuando preparaba algún pastel del que nos reservaba el mejor pedazo a nosotros. Tampoco sospechábamos el remoto placer que nos había producido siempre ver a las tías jugando a las cartas, o a mamá buscando sus anteojos para sentarse en el sillón café a leer una revista de bordados. Ni siquiera tuvimos esa semana a Salomé, porque se la habían llevado las tías para que estuviera acostumbrada cuando nosotros llegáramos, según nos explicaron.

Julián y yo nos contagiábamos de aquel vacío, y sentíamos como si las tardes se nos pegaran a la piel, como si quisieran quedarse para siempre, robarnos. Papá llegaba todas las noches para encerrarse en su cuarto, en donde mamá lo acompañaba y ocasionalmente nosotros.

Una tarde en que llovía con viento, partimos hacia la estación del tren.

III

Y entonces el domingo, ¿cuántos años después? ¿Quince? No: veinte años después, volver aquí. A René le costó tanto entender mi sorpresa cuando el automóvil se detuvo enfrente de la casa.

-Por fin conseguí habitación -me había dicho una semana antes-. Una casa grande, en los Barrios Viejos.

Pero yo no podía imaginarme que fuera ésta, precisamente ésta, la casa a que vendríamos a parar.

-Las niñas -pregunté- ¿estarán bien?

-Tendremos que acostumbrarnos -me respondió.

Y yo había aguardado ansiosa hasta el domingo, arreglando y volviendo a arreglar las cosas que teníamos en la habitación que arrendábamos entonces. René me miraba hacer y reía, dolorosamente reía.

-Cambiamos de mansión -dijo una vez, y se tumbó sobre el catre que sonó como a punto de quebrarse.

Yo no entendía ese sarcasmo. Lo que había pasado había pasado, y ahora lo único que podíamos hacer era acostumbrarnos, le decía yo a veces. Pero él no podía dejar de lamentarse, y maldecía con furia contra aquel invierno, contra aquellas lluvias que habían inundado las plantaciones de algodón. Yo no le contestaba, no quería contrariarlo, pero en silencio me decía que el desastre no había empezado con las lluvias, sino la tarde misma en que abandonamos la casa. ¿Cómo podría decirle esto? Porque sin duda él se resentiría, me diría que claro, que para mí hubiera sido mejor no salir de la casa, porque así nunca habría ido a la provincia y no lo hubiera conocido a él. Y yo no quería escuchar esas cosas. Por eso callaba.

-¿Sabes? -me limité a contestarle aquella vez-. Cualquier cosa tiene que ser mejor que esta pocilga; así que cuanto antes nos vayamos, mejor.

-El domingo, lo arreglé para el domingo -dijo él cansadamente.

Y el domingo nos habíamos levantado temprano y habíamos alquilado el carro en que trajimos las cosas. Cuando se detuvo delante de la casa no pude contener un grito.

-¿Es aquí? -pregunté horrorizada. Sentimientos encontrados bullían a borbotones: no quería, no debía entrar a esa casa que era mi infancia, mis recuerdos, a la que me había aferrado en los peores momentos. Sentía que no debía profanar ese recuerdo, pero a la vez la posibilidad de vivir ahí de nuevo, de cerrar el capítulo de la profecía de la abuela (cuando antes de marcharse nos dijo que volveríamos aquí) me resultaba insoportable.

-¿Qué pasa? ¿No te gusta? -había dicho René malhumorado-. Pues lo siento mucho; vos sabés que no estamos para gastos. -Y finalizó preguntándole al chofer: -¿Cuánto es?

Y acercarme a la casa era una angustia, era un suspenso dulce y tormentoso que me obligaba a sonreír. Y tocar el timbre para escuchar el inconfundible chillido de la puerta abriéndose; y entonces escrutar en la penumbra del corredor, y dar los primeros pasos reconociendo, con dificultad y alegría, las paredes que rayé en mi infancia.

En la Sala Grande habían hecho cuartos, separándolos entre sí con paredes de cartón y de madera vieja. Se escuchaban radios y conversaciones, silbidos y duchas a lo lejos.

La casera nos conducía sin prisa por el corredor cuando pude ver el cuarto del abuelo. Recordé que no había estado ahí desde su muerte, pues durante el tiempo en que aún permanecimos en la casa el cuarto estuvo "clausurado", según la expresión utilizada entonces por mamá.

Y yo me encaminé hacia él, aunque Andrea se colgara de mis pantalones pidiéndome que caminara más despacio, aunque Luz Marina llorara en los brazos de René, que me gritaba que ese no era el cuarto sin que yo le hiciera caso; continué hasta llegar a aquella habitación, a aquel misterio; y al asomarme pude ver una familia adentro. Había una mujer ojerosa que cambiaba la ropa, a un niño de meses, y había también otro mayor, que soplaba unas hilachas que pendían del techo. Me acerqué mirando cómo aquel niño, semidesnudo e inflado por los parásitos, hacía balancear con su aliento aquella telaraña. La mujer de las ojeras me miró entrar sin comprender, haciendo un gesto, esforzándose por sonreír, y yo no le ponía atención, no se la ponía porque en aquel momento alcanzaba a comprender que lo que pendía del techo no era una telaraña, no era, sino más bien los restos, podridos y olvidados de la soga con que veinte años atrás el abuelo se había suicidado.

Y el niño mayor jugaba; inflado de parásitos y sin dejar de sonreír, el niño jugaba.

(de *Mitomanías*)

Rodrigo Soto (1962). Escritor y cineasta. En 1982 publicó su primer libro de relatos, *Mitomanias* que recibió el Premio Nacional de Cuento de ese año. Posteriormente publicó las novelas *La estrategia de la araña* (1985) y *Mundicia* (1992) y las colecciones de cuentos *Dicen que los monos éramos felices* (1995), finalista del premio Casa de las Américas, Cuba, y *Figuras en el espejo* (2001).

LA BELLA DURMIENTE DE NUEVA YORK

CARLOS CORTES

Mi padre siempre me contó la tragedia de Tommy Vargas, su principal rival en los negocios. Se conocían desde la escuela y, aunque se disputaban el mercado de la importación de herramientas, durante 30 años faltaron muy pocas veces al juego ritual en el Tennis Club, todos los primeros sábados de mes, a las 10 de la mañana. Nunca dejaron de ser amigos y en algunas ocasiones la vida los obligó a ser íntimos amigos, incluso más allá de la muerte.

Un día de 1960 ó 1961 Tommy le anunció solemnemente que estaba dispuesto a casarse. En alguno de sus constantes viajes a Nueva York se había enamorado de una secretaria mucho menor que él. Ya para entonces mi padre, como casi todos los hombres de su generación, era el centro de una familia estable de cinco hijos. Tommy, en cambio, a los 40 años, parecía mucho más joven, se pasaba haciendo ejercicios y se consideraba a sí mismo como un sobreviviente de la Segunda Guerra Mundial sin ánimo de establecer relaciones permanentes con nadie. Más bien parecía encantado con perseguir libremente lo que la vida podía ofrecerle.

Como infante de marina había combatido en Iwo Jima, en la guerra del Pacífico, y luego se graduó en la Universidad de California por cuenta del gobierno de Estados Unidos. A partir de entonces vivió entre un país y otro y gracias a sus buenos contactos se hizo dueño de una floreciente cadena de ferreterías. Entre sus ilusiones no parecía albergar la del matrimonio y sospecho que a papá tampoco le hizo mucha gracia perder un apartamento de soltero en Manhattan. Creo que papá pensaba que ninguno de los dos estaban hechos para una sola mujer, pero se cuidó de decírselo. El tiempo le diría si estaba equivocado o no.

Como él esperaba, en efecto, tras los primeros meses de una relación tórrida, en los que Tommy se negó a presentarle a su novia o al menos a traerla al país en el que ambos deseaban vivir, mi padre detectó los primeros titubeos y un cierto debilitamiento del entusiasmo inicial. ¿No era mejor aguardar hasta conocerse a fondo? El viejo timo, se dijo papá. Sin embargo, en noviembre de 1963 Tommy abandonó su apartamento, adquirió una hermosa casa esquinera en un barrio nuevo, Los Yoses, y se dispuso a proponerle matrimonio a la joven secretaria. Todo lo resolvió en cuestión de una semana. Tomás Vargas era así.

Cuando volvió apenas pudieron hablar de otra cosa que no fuera el gran drama del momento: el asesinato en Dallas. Incluso se saludaron en el club con una frase que se puso de moda en todo el mundo: ¿dónde estabas cuando mataron a Kennedy? Tommy estaba en Nueva York.

Papá no se sorprendió cuando por boca de otro amigo supo que había roto su compromiso, pero sí le pareció extraño que le propusiera representarlo ante los distribuidores de Nueva York. De nada valieron sus pretextos alegando que su inglés era demasiado precario. Tommy le insistió en que se trataba de un favor personal y que lo recompensaría generosamente. Mi padre se negó a aceptar nada a cambio.

Tommy siguió haciendo mucho dinero, mucho más que nosotros, pero perdió las ganas de vivir. Se instaló en la casa de Los Yoses y aunque acudía puntualmente a la cita en el Tennis Club en pocos años dilapidó su antigua juventud y se convirtió en un hombre obeso y abotagado. Aunque nunca lo descubrió bebido ni lo vio tomar en público más de la cuenta, papá comenzó a suponer que era alcohólico o algo peor.

Cuando cumplió 50 años le pidió a papá que lo acompañara a Nueva Orleans a un chequeo médico. Después de una semana en la clínica Oschner los resultados se revelaron desastrosos: enfisema pulmonar, hipertensión y alto riesgo cardíaco. Papá se echó para atrás al verlo tan desvalido en su pijama blanca de mangas cortas: temblaba como un conejo con un cigarrillo en los labios y ni siquiera pareció reconocerlo. Luego le dijo que se sabía condenado y le entregó sus empresas. Cuando papá se negó en redondo, Tommy le advirtió que aceptaría en cuanto le contara lo de su novia en Nueva York. ¿Qué era lo que le había pasado?

Mi padre, entonces, escuchó atentamente la historia de sus propios labios: aquel noviembre de 1963, Tommy llegó a Nueva York el jueves 21 por la noche, la víspera del asesinato de Kennedy, y se instaló en un hotel en vez de utilizar su apartamento. Al día siguiente se entretuvo pensando si debía casarse o no y hacia el mediodía se resolvió a llamar a Tiffany's para cancelar el anillo de compromiso. Después buscó a la muchacha para advertirle que esa noche se verían en el mismo apartamento en que se habían encontrado tantas veces. No le dijo que esa sería su última noche juntos, pero pensó decírselo y arreglarlo todo de una vez. Había decidido no engañarla más. No la quería lo suficiente o no deseaba pasarse el resto de su vida aplazando un matrimonio en el que no creía con todas sus fuerzas. Ese día, cuando salió a la calle, a las 2 ó 3 de la tarde, se encontró con las primeras extras de los periódicos anunciando el homicidio.

A las 6, con el corazón en la mano, atravesó la puerta del edificio de apartamentos de ladrillos rojos que conocía tan bien. El portero negro lo recibió con una sonrisa fingida que lo inquietó. Tenía los ojos abultados y vidriosos de llorar. En cualquier otro momento le habría dedicado la mejor de sus sonrisas, significando que ella estaba ahí arriba, esperándolo, como lo había hecho durante año y medio. Pero, claro, no asesinan a un presidente todos los días. La ciudad estaba vuelta un caos y su alma también. Un sentimiento de culpa gravitó alrededor de su cabeza. ¿Sentiría lo mismo si no fuera una muchacha negra? Se avergonzó con solo pensarlo. Se revolvió inquieto en el ascensor y mientras subía a toda velocidad hasta el sétimo piso cambió varias veces de opinión. Pensó que podían seguir con su ritmo de siempre, ella en Nueva York y él viajando por el mundo. ¿La compañía de herramientas no le había ofrecido un puesto permanente como representante en Filipinas y luego en España y él no los había rechazado? Podría reconsiderar su negativa.

Cuando salió del ascensor estaba arrepentido por no llevar el anillo de Tiffany's. Ni el anillo ni un obsequio. No uno de compromiso, por supuesto, ni de diamantes, tampoco, pero sí un hermoso y discreto aro como gesto de amistad. O quizás unos pendientes para que ella no se confundiera de sentimientos, así saldría contenta de la relación y se olvidaría rápidamente de él. Era lo mejor, pensó, pero después se dijo que quizá quedaría en ridículo. Con las mujeres nunca se sabe. Acto seguido se devolvió de nuevo en sus pensamientos y se oprimió el pecho. Sintió que darle un regalo caro equivaldría a comprar su silencio y deploró aquella actitud vergonzante que lo mantenía inmóvil delante de la puerta del apartamento 713. No, sería preferible no darle nada o entregarle algo íntimo y personal en son de despedida. Un objeto barato, pero que fuera invaluable por su significado emocional. Sería mejor así.

Al cruzar el umbral reconoció la aguja del tocadiscos dando vueltas sin sentido, rayando el disco. Quién sabe cuanto tiempo llevaba así, porque él llegaba con mucho retraso. El mundo estaba en shock, pero Tommy se abochornó de pensar que ella sí había llegado a tiempo, él no. Tommy no quería llegar a tiempo ni a ninguna hora y pensó que quizá podían dedicarse a hablar de Kennedy el resto de la noche, hacer el amor y olvidarse de todo hasta la mañana siguiente y decirse adiós con tranquilidad. ¿Por qué no?

Detuvo el tocadiscos. Era un 45 R.P.M. de Billie Holliday, *Billie's blues.* Le dio la vuelta y del otro lado tenía impreso *Romance in the dark.* Sin duda está triste, se dijo. Si estuviera resignada o feliz hubiera puesto *Desafinado*, su pieza favorita, que ambos habían escuchado decenas de veces en el Café Au Go Go oyendo al saxofonista Stan Getz. Pero no era el momento para un bossa nova sino para un blues. Un sudor frío le recorrió la espalda.

Ella no estaba en la sala, pero Tommy adivinó la luz encendida desde el dormitorio. Dio un par de pasos y la vio suavemente tendida sobre la cama como una sombra acostada. Estaba vestida, pero sin zapatos, y no hacía ningún ruido al respirar. La confusión de sentimientos no le impidió darle un beso en la mejilla y más tarde en los labios. Lucía uno de sus vestidos ceñidos y él sintió que la sangre le ardía. La deseó con locura y pensó que no quería perderla jamás.

La siguió besando, pero ella no experimentó efecto alguno. La palpó y la sacudió, pero no ocurrió nada. Hubiera seguido manoseándola hasta despertarla y hacerle el amor salvajemente, pero ella no se movió ni emitió ningún chasquido y Tommy tardó un buen rato en percibir si de verdad respiraba o no o si era el sonido monótono del reloj de mesa o el bullicio del edificio. La ciudad estaba sembrada de sirenas y a la vez semejaba una escenografía abandonada.

Empezó a sentirse acorralado y escudriñó la mesilla de noche haciendo un gesto violento, con la esperanza de que todo cobrara vida, de que el hechizo se rompiera, pero sólo encontró las llaves que él mismo le había dado meses atrás. La abrazó y le musitó unas palabras al oído, queriendo descubrir algún aroma extraño o rastros de licor en las comisuras. Recordó de pronto una botella de Vat 69 sobre la mesa de la sala, pero estaba cerrada. Sólo notó un cuerpo frío e imperturbable.

En la sala tropezó con varios muebles mientras lo tanteaba todo de nuevo rebuscando el aparato de teléfono. No conocía a ningún médico particular en la ciudad, pero de ser necesario y como último recurso podría llamar a un hospital o a una ambulancia. Llamó a la portería, pero nadie le contestó. Tommy reprimió su pánico, pero salió del apartamento seguro de que estaba muerta.

Abajo no había nadie, ni el portero ni otros inquilinos, así que salió corriendo detrás de un taxi. Sintió que la noche se le venía encima. En la ciudad percibió la misma atmósfera que invadía el apartamento, como si el universo guardara la respiración por un instante. Aspiró hondo el aire frío de la noche. La verdad es que Kennedy no le era muy simpático, pero había escogido el peor momento para venir a Nueva York. Dentro del taxi se detuvo unos instantes a reflexionar qué hacer, si confesarlo todo y pedir ayuda, pero el taxista estaba aún más exaltado que él.

Al día siguiente abandonó Estados Unidos como si fuera un ladrón y con la sensación de que había ocasionado la muerte de Flora. Antes de irse, sin embargo, avisó a la compañía donde ella trabajaba. Tommy era un cliente importante y al menos dos altos ejecutivos conocían de su noviazgo. No quería que pensaran que se estaba lavando las manos, pero tampoco deseaba involucrarse. Si descubrían algo sospechoso nunca más podría volver a Estados Unidos, quizás hasta tendría que esconderse por un tiempo, mientras todo volvía a la normalidad. ¿Le echarían a él el muerto? ¿Acaso la compañía se haría cargo de los gastos o era preferible enviar un cheque generoso antes de que se lo reclamaran? Si pretendía demostrar su inocencia desde el principio había hecho todo lo contrario de lo debido: salir corriendo. Durante las primeras semanas muchos pensamientos similares le cruzaron por la mente y no pudo evitar sentirse desolado y profundamente estúpido, culpable y víctima al mismo tiempo.

Un mes después recibió una llamada de Nueva York, pero se negó a atenderla. ¿Para qué? Ya era demasiado tarde. Cuando uno de sus amigos le escribió una carta personal se dio cuenta de que no podría seguir escondiéndose. En realidad se sentía responsable de todo e incluso llegó a pensar, en sus noches de insomnio, como si todos los hechos del universo estuvieran conectados por un tenue hilo de plata, que si no hubiera cancelado su anillo de compromiso en Tiffany's no hubieran matado a Kennedy. Llegó a pensar que si hubiera sido más generoso nada hubiera ocurrido. Llegó a pensar que sería castigado por su egoísmo y que nunca más podría librarse de aquel sentimiento de haber cometido un terrible pecado.

La carta no podía pintarle una perspectiva peor. Habían pasado dos o tres meses y su amigo lo ponía al corriente de una situación irreal: miles de personas habían sufrido un colapso a consecuencia del asesinato de Kennedy, pero sólo unas 50 no se recuperaron de inmediato. De ese grupo seis cayeron en estado de coma y entre ellas dos personas ya presentaban signos estables y algunas señales de reanimación. Pero de las otras cuatro se ignoraba completamente lo que podía ocurrirles a largo plazo, si alguna vez volvían en sí. ¿Muerte cerebral, atrofia muscular? Una de ellas era Flora.

Durante dos años Tommy no contestó ninguna de las cartas que recibió, a pesar de que algunas eran muy precisas y explicaban, por ejemplo, que la tía abuela de Flora había sido nodriza de uno de los Kennedy en Boston, mucho antes de que se pensara que alguno de ellos podía llegar a Washington. Flora consideraba al presidente como un miembro de su propia familia. Otros envíos no eran tan amables y discretos y le exigían detalles escabrosos o aseguraban que Flora se arriesgó involucrándose con ejecutivos blancos de Nueva York. ¿Qué tenía que hacer ella en un apartamento suntuoso para blancos? Alguna carta insinuaba homicidio y fantaseaba sin pudor con un caso que había alimentado la imaginación popular años antes, el de Marilyn Monroe. ¿Es verdad que estaba desnuda? ¿Era muy negra o apenas mulata?

También lo prevenían de la familia de Flora y de sus supuestos intentos por aprovecharse de las circunstancias. Uno de sus colegas especuló durante mucho tiempo sobre las causas del coma, llegando incluso a construir hipótesis que iban desde una intoxicación motivada por el radiador de la calefacción hasta el amianto pasando por razones fisiológicas difíciles de probar, como un virus mortal, un aneurisma o una trombosis múltiple. Tommy estaba a punto de volverse loco y desatendió su correspondencia personal. Se encerró en sí mismo y en sus negocios.

Sin embargo, 20 meses después recibió un comunicado de una compañía de seguros advirtiéndole que cuatro meses después Flora sería desalojada de la clínica privada y que se vería obligada a recurrir a la asistencia social o a vivir por cuenta de su familia. Tommy no supo qué hacer. De ahí en adelante sobrevino un largo periplo en el que Flora pasó de institución en institución sin que ningún centro hospitalario quisiera acogerla de modo permanente.

En 1990 Flora despertó milagrosamente. Papá fue a verla al mismo hospital de caridad en que murió Billie Holiday, la famosa cantante de jazz, en 1959. Holiday tenía 44 años cuando la heroína la mató. Flora tenía 23 años en 1963, cuando asesinaron a Kennedy.

Papá contaba que no había parado de llorar entre Tiffany's y aquel deprimente reducto de beneficencia, pero que en cuanto ingresó al hospital se le secaron las lágrimas y se puso tenso como un resorte. Mi padre fue siempre un hombre sentimental y a pesar de nuestras burlas se vanagloriaba de ello. Creo que lloraba cada vez que le daba la gana. El hospital era espantoso, me dijo, pero la única excepción era aquel curioso pabellón consagrado a la memoria de Billie Holiday, el cual sobrevivía gracias a las donaciones de artistas famosos. Ahí estaba Flora, una de las dos únicas sobrevivientes del grupo original de pacientes en coma.

Flora no podía hablar ni caminar y el resto de su existencia habría de dedicarla a reeducar su cuerpo y a reaprender lo que significa ser una persona viva, pero recibió con una sonrisa descompuesta y remota el anillo de compromiso y la viejísima foto de Tommy Vargas. Según papá, era difícil decir que tuviera 50 ó 23 años o alguna edad definida, pero de lo único de lo que no se había olvidado era de sonreír. Debió de haber sido una mujer bellísima, añadía mi padre.

Tommy Vargas había muerto 12 años antes, en 1978, dejándole todo lo que tenía a ella. Nunca más la volvió a ver desde aquella desgraciada noche de 1963.

(inédito)

Carlos Cortés (1962). Es narrador, poeta, ensayista y periodista. Sus principales obras poéticas son Los pasos cantados (1987), ¡*El amor es esa bestia platónica*! (1991) y *El que duda no ama* (1998). Su primera novela, *Encendiendo un cigarrillo con la punta del otro*, recibió el premio "Carlos Luis Fallas". La editorial Alfaguara publicó en 1999 su segunda novela, *Cruz de olvido*, ganadora del Premio Nacional de su país.

BIBLIOGRAFÍA BÁSICA SOBRE NARRATIVA COSTARRICENSE

BERRON, Linda, *Relatos de mujeres. Antología de narradoras de Costa Rica,* San José, Editorial Mujeres, 1993.

CORTES, Carlos, *Para no cansarlos con el cuento. Narrativa costarricense actual*, San José, Editorial de la Universidad de Costa Rica, 1989.
Literatura y fin de siglo. (La nostalgia de la realidad y la poética del vacío), en Memoria, percepción y moda, San José, EUNED, 1991.

CORTES, María Lourdes, "Palabras de mujer. Una mirada hacia la narrativa costarricense", en *Urogallo*. Revista literaria y cultural. Madrid, julio 1996.
"El polvo de los sueños: Aproximación a la nueva narrativa costarricense", en *Hispamérica*, , revista de literatura, sño XXVIII, #83, 1999.

OVARES, Flora et al. *La casa paterna. Escritura y nación en Costa Rica*, San José, Editorial de la Universidad de Costa Rica, 1993.

PICADO, Manuel, *Literatura/Ideología/Crítica*, San José, Editorial Costa Rica, 1983.

QUESADA, Alvaro, *La formación de la narrativa costarricense (1890-1910). Enfoque histórico social*, San José, Editorial Universida de Costa Rica, 1986.
La voz desgarrada, San José, Editorial de la Universidad de Costa Rica, 1988.
Uno y los otros, San José, Editorial de la Universidad de Costa Rica, 1988.
Breve historia de la literatura costarricense, San José, Editorial Porvenir, 2000.

ROJAS, Margarita y **OVARES**, Flora, *100 años de literatura costarricense,* San José, Farben Grupo Editorial Norma, 1995.

ROJAS, Margarita, "Entre la aldea y el mundo. 100 años de literatura costarricense", en *Re-visión de un siglo 1897-1997*, San José, Museo de Arte Costarricense, 1998.